COLLECTION AVENTURE
DIRIGÉE PAR IVAN SLATKINE

SUR LE FIL

Les Éditions Slatkine bénéficient d'un soutien
de l'Office fédéral de la culture pour les années 2021-2024.

www.slatkine.com

ISBN 978-2-8321-1332-5

Patrick Sumi

SUR LE FIL

LUTRY-CAP NORD
À VÉLO

Préface de Laurent Bastardoz

Éditions Slatkine
GENÈVE
2024

Dans la même collection

Claude Moreillon, *Une passion en Nord*, Slatkine, 2012.
Thierry Courvoisier, *Cérès en Atlantique*, Slatkine, 2012.
Claude Marthaler, *L'homme-frontière*, Slatkine, 2013.
Bernard Schopfer, *Dominique Wavre*, Slatkine, 2013.
Étienne Diserens, *La traversée de la Suisse à pied*, Slatkine, 2014.
Mireille Gampert Zermatten, *Vingt-cinq ans sur les mers*, Slatkine, 2018.
Christa Bovay-Jaeggi, *Du vent dans les voiles*, Slatkine, 2020.

À ma mère et à mon père,
pour ce que vous m'avez transmis, votre passion pour la vie, vos valeurs fortes et votre enthousiasme sans fin.

À mes enfants,
ne laissez rien ni personne entraver les chemins de vos rêves.

« On vieillit lorsque le nombre de regrets dépasse celui des rêves et des projets. »

Werner Schweizer

B
Suomi / Finland
Finland
Sverige
Sweden
Norge
Norway
Åland
CITY OF ST.
PETERSBURG
Eesti
Estonia
NOVGO
PSKOV
Latvija
Latvia
Danmark
Denmark
Lietuva
Lithuania
Беларусь
Belarus
Nederland
Netherlands
Deutschland
Germany
Polska
Poland
Belgium
Luxembourg
Česko
Czechia
Slovensko
Slovakia
Україна
Ukraine
Schweiz/Suisse/
Switzerland
Austria
France
Slovenija
Slovenia
Hungary
România
Romania
Hrvatska
Croatia
Србија
Serbia
Monaco
Italia
Italy
Vatican City
България
Bulgaria
Kosovo
Albania
Andorra

SOMMAIRE

PRÉFACE

Lorsque Patrick Sumi m'a contacté pour signer la préface de son livre, je n'ai pas hésité une seconde. Il faut dire que je suis son parcours au gré du vent et de nos rencontres. À ce titre, notre premier contact fut une révélation. Avec son pote de toujours Mike Boon, il envisageait de faire le tour du Léman en courant ! Cent septante et un kilomètres parcourus en une seule traite. C'était en 2004 à l'occasion du lancement de leur association Just for Smiles. Ils m'avaient contacté en tant que journaliste à la RTS TV. Autour d'un café, avec une passion qui transpirait la sincérité, nous avions parlé de ce projet qui voulait faire un pied-de-nez à l'exclusion, et cela m'a irrémédiablement séduit. Combattre le handicap, l'isolement, tout en partageant des instants d'émotion constituaient un leitmotiv sans réserve.

J'y ai participé avec mon micro et une caméra, mais surtout avec mon cœur tant il me semblait important de soutenir cette magnifique démarche pour les enfants polyhandicapés. À ce moment-là de mon existence je ne savais pas que mon épouse tomberait malade, 6 ans plus tard, victime d'une sclérose en plaque. Signe du destin ?

Mike et Patrick ont réussi leur pari fou, et deux images resteront gravées dans ma mémoire. Lors du passage de la ligne d'arrivée, des dizaines de personnes étaient présentes pour acclamer leur exploit dans un incroyable élan de solidarité. Mais surtout Patrick Sumi s'était effondré, devant mes yeux, victime d'une déshydratation. Le prix de l'exploit et d'un engagement total après ce quadruple marathon pour une noble cause.

Par la suite, j'ai revu quelquefois Patrick Sumi. Dans des soirées pour Just for Smiles, au détour d'un café ou lors de rencontres impromptues. Voire en interview à la RTS Radio, comme en 2020 lors de sa participation à la Montane Yukon Arctic Ultra en équipe pour récolter des fonds en faveur de l'inclusion des jeunes dans le sport, pour son association Out'Chat. Jusqu'à ce jour de janvier 2024 où il m'a contacté pour me raconter son périple fou entre Lutry et le cap Nord, en Norvège ; 5200 km à vélo pour expurger des années de travail et d'ambitions professionnelles qui l'ont rongé et épuisé jusqu'à la limite du burn-out ! Et là, une fois encore, nos expériences se sont alignées. En 2018, j'ai moi-même dépassé cette limite en étant victime d'un épuisement professionnel. Diagnostic : burn-out ! Arrêt de travail, plus de 100 rendez-vous avec un psychiatre, stage de remise en forme à la SUVA pour retrouver ma vie d'avant !

Si ce fut ma façon de conjurer le sort, Patrick Sumi, lui, a choisi une autre voie. Parcourir une partie du monde à vélo pour un périple durant lequel le but était de recouvrer son âme et retrouver les vraies valeurs de la vie. Pour cet ancien cadre de Nestlé, à qui il avait offert plus de vingt-trois ans de vie professionnelle, ce voyage a « claqué » comme une résurrection… une évidence et surtout une thérapie. À la lecture de son aventure, j'ai retrouvé l'homme auquel je me suis toujours senti attaché. Un homme pour qui la valeur humaine est bien plus importante que le succès qui, lui, ne peut être qu'éphémère. Son regard bleu, franc et direct, son empathie, sa générosité débordante et son charisme sont autant de qualités. Ce sont ses forces premières. Son ambition professionnelle a laissé place, durant son périple, à son envie de vivre, de partager, de dépasser ses limites et de grandir encore dans ce monde qui ne laisse aucune place aux doutes. Ses rencontres, détaillées dans son livre, avec Franzi, Gustave et tant d'autres belles âmes sont autant d'instants de bonheur qu'il a tenu à partager avec ses futurs lecteurs. Un livre qui fait la part belle à l'humour, au don de soi, à une véritable introspection pour que le burn-out ne soit plus un tabou. Cela malgré les difficultés rencontrées sur son chemin de croix, sa solitude parfois, son genou endolori, les nuits souvent glaciales dans le nord de l'Europe qui nous rappellent, sans ambages, à quel point la vie est belle et vaut la peine d'être vécue. Toujours en harmonie avec ses propres convictions. À 54 ans, mon cher Patrick, sois convaincu que tu sors à peine de l'adolescence. Que la vie t'apportera encore toute la joie et l'amour que tu mérites. À condition évidemment, à l'avenir, de te rappeler cette citation de Betsy Jacobson que tu as fait tienne : « L'équilibre n'est pas une meilleure gestion du temps, mais une meilleure gestion des limites. L'équilibre signifie faire des choix et apprécier ces choix. »

Laurent Bastardoz
Journaliste sportif

1 - NAGER À CONTRE-COURANT

« La malédiction de l'homme consiste à ne jamais se contenter de ce qu'il est. »

Sylvain Tesson, *Un été avec Homère*

Fin d'été 2021

Je prends le train pour Zurich. Je voyage dans le wagon de première classe avec la responsable des ressources humaines de mon département. À travers la fenêtre du train, je regarde défiler la campagne verdoyante. Il fait beau, le soleil brille, au loin les Alpes cisaillent l'horizon. Ça pourrait être une belle matinée, mais ce n'est pas une journée de travail comme les autres. Durant le voyage, nous préparons minutieusement notre réunion. J'ai réservé une salle de conférence à l'Hôtel Schweizerhof, face à la gare. J'appréhende le rendez-vous à venir. Il est près de 9 heures lorsque nous sortons du train, d'un pas lent, presque au ralenti. Nous nous rendons à la réception de l'hôtel. Installés au premier étage, nous attendons Hanz*[1], l'un de mes précieux collaborateurs au service externe. J'ai prétexté une conférence pour justifier ma présence à Zurich et je lui ai demandé de venir boire un café avant celle-ci afin de faire

[1] Les prénoms suivis d'un astérisque sont des noms d'emprunt.

le point sur certains éléments. Hanz ne se doute pas de ce qui l'attend… Je l'ai fait venir pour le licencier !

Lui et moi avons travaillé ensemble durant des années, partagé des repas, des soirées. Je l'ai moi-même engagé, formé, motivé et épaulé pendant tout ce temps. Il me fait confiance, se confie à moi. Je connais sa vie. C'est un bon collaborateur, il effectue son travail avec enthousiasme.

Je descends les escaliers menant à la réception. Hanz affiche un large sourire. Il me serre la main énergiquement en me demandant comment je vais. De mon côté, j'ai le visage fermé, je suis concentré et j'esquisse tant bien que mal un sourire crispé. Je l'invite à monter boire un café. Sans discuter, il m'emboîte le pas. Mes pulsations s'accélèrent. J'ai la gorge serrée. Tout en le précédant, je m'approche de la salle de réunion. Hanz aperçoit la responsable des ressources humaines. Il se tourne vers moi. Son regard est plein d'interrogations, mais il conserve son sourire. Il prend place en face de nous. Nous échangeons quelques futilités le temps que le café lui soit servi, puis la porte se ferme. Après un court échange, je prends un ton plus grave pour lui annoncer que nous allons devoir nous séparer de lui. Je justifie mes propos par quelques faits et éléments du marché. Je suis bref et précis. Un silence de plomb s'installe. Son sourire a disparu. Ses mains moites laissent des traces sur la table. Il semble désemparé, perdu, ne sachant que dire. Je répète mon message pour m'assurer qu'il a bien compris et passe la parole à ma collègue pour la partie administrative. Il n'écoute plus, il s'est fermé, son regard sombre semble ne plus rien observer. Je perçois sa détresse, je lis l'incompréhension dans ses yeux, il cherche mon soutien. Je ne peux plus rien pour lui ni pour son travail. Je n'ai plus la moindre solution. Empreint de compassion et de bienveillance, je conclus l'entretien en lui proposant de le raccompagner à la maison. Il refuse !

Il est près de 10 h 30 quand ma collègue et moi reprenons le train en direction de Vevey. Je ne me sens pas bien. C'est la boule au ventre que nous débriefons ce licenciement. Il faut se ressaisir, car ma mission n'est pas terminée. Arrivé à destination, c'est au tour de Roger*, qui lui non plus ne se doute de rien. Même scénario, même discours. Dépité, Roger sort, et nous veillons à ce qu'il ne croise pas Louise*, qui subira le même sort. En fin d'après-midi, une visioconférence[2] est organisée pour informer le reste des équipes. À l'extérieur, le soleil brille, le ciel est bleu, le lac invite à la baignade. L'été se prolonge en offrant de belles soirées. Il m'est impossible d'en profiter. Je n'y arrive pas. Je rentre à la maison tendu, le visage fermé. Mes pensées vont pour mes collaborateurs : ceux qui viennent d'être licenciés par effet de surprise, qui rentrent aujourd'hui auprès de leur famille respective empreints de peur, de honte, d'incompréhension et de rage, déstabilisés ; et ceux qui restent, chez qui le rapport de confiance est ébranlé, le doute s'installe et le choc est perceptible. Ils viennent de perdre des collègues, des amis de longue date. Tout ce qui semblait immuable et assuré vient de s'écrouler pour eux aussi.

Printemps 2022

Nous sommes dans une exposition à Winterthur et présentons nos produits à nos clients. Les ventes sont bonnes, et l'ambiance de l'équipe, joyeuse. Sur notre stand, chacun donne son maximum et je sens que les événements de l'automne passé sont digérés ; certains restent toutefois un peu inquiets pour leur poste de travail et me questionnent. Le soir, nous mangeons tous ensemble à l'hôtel, on partage, on échange, on discute. On boit quelques verres de rouge durant le repas et, avec

[2] Nous sommes en période de covid.

certains, une bière sur la terrasse pour clore la soirée. Comme toujours devant mes équipes, je suis souriant, dynamique et je montre l'exemple, bien que le cœur et l'esprit n'y soient pas. Moi, je sais. Depuis plus de quatre mois, des événements externes m'imposent de restructurer, malgré mes efforts effrénés pour chercher des solutions afin de minimiser les impacts et sauver un maximum de postes de travail. Mais la décision est prise. Je sais qui sera licencié le moment venu. Un exercice de haute voltige qui use, qui ronge, qui fatigue. Faire face à Alain* au petit déjeuner, qui, tout souriant, me raconte ses plans de vacances pour cet automne. Il souhaite partir au bord de la mer avec sa femme et ses enfants. Il est le pilier de la famille. Tout le monde compte sur lui, et son poste de représentant chez Nestlé est sa fierté, sa réussite. À la maison, il tient la baraque et donne chaque jour le meilleur pour s'assurer que les siens ne manquent de rien. Ses enfants font du football intensivement, il rêve d'une carrière sportive pour ses fils. Il m'est difficile de croiser le regard de Jean* alors que nous partageons une bière sur la terrasse, il m'explique que la santé de sa maman est chancelante et qu'il passe beaucoup de temps auprès d'elle pour l'aider. Elle dépend de lui non seulement sur un plan physique, mais également économique. Il aide également son ex-femme pour qu'elle puisse boucler ses fins de mois. Jean travaille depuis plus de trente-cinq ans chez Nestlé, c'est un cadre assidu, consciencieux et un professionnel de la vente. Certes, il a ses défauts et ses démons, mais il effectue son travail. Il y a Julia* qui, tout sourire et confiante, boit le café en face de moi à côté de notre stand, sa vie semblait ressembler à un conte de fées, mais le covid est venu perturber les activités indépendantes de son mari et, depuis, c'est elle qui assure les finances du ménage. Julia se sent intouchable, elle est convaincue que ses performances sont bien meilleures que celles des autres, et sa confiance en elle irrite parfois ses collègues. Ni Alain ni Jean, encore moins Julia, ne se doutent de ce qu'il va se passer en juin. Ils seront licenciés et subiront le même sort que Hanz, Roger et Louise. Ils seront, avec quelques autres collègues, eux aussi pris par surprise un jour de juin. Ces situations sont insupportables, je souffre chaque jour d'être confronté à mes collaborateurs, d'être dans le secret, de ne rien pouvoir dire. Les regards crédules que ces personnes me lancent devant leur bière, leur café ou au petit déjeuner deviennent douloureux et difficiles à vivre. Tout ça me pèse. Je n'en dors plus.

La culture du secret dans la gestion de ces situations m'épuise. Je ne sais pas si c'est la bonne manière de procéder, je suis bien conscient que des projets de restructuration ne peuvent pas être dévoilés et partagés avec tous, que c'est également une part intégrante du rôle de manager. La gestion de projet s'inscrit dans une vision à long terme, et la transparence totale ne peut pas être la solution. Mais le secret me ronge, il est difficile à porter et, en parallèle, je me suis éreinté, des mois durant, à essayer de sauver chaque poste de travail, de justifier la valeur ajoutée de chaque employé, à valoriser leur travail, à quantifier leurs actions auprès des clients. J'ai cherché des solutions pour essayer de replacer les personnes dans d'autres unités de vente du groupe. Je n'avais pas compris dès le départ qu'il fallait réduire, que l'objectif était clair pour tous, sauf pour moi. Alors je m'échinais à chaque séance du comité de direction à justifier, à expliquer pour sauver mes équipes. Durant des mois, j'ai nagé à contre-courant sans présumer de mes forces. Je me suis toujours senti fort et résilient, capable de résister, mais nager à contre-courant et contre ses propres valeurs use, fatigue et ne laisse que peu de chance au succès. Dès lors, mes batteries se sont gentiment déchargées jusqu'à ce que je manque de force et me retrouve au bord de l'épuisement.

J'ai un travail extraordinaire que j'ai désiré, je me suis battu pour l'obtenir. Durant des années, j'ai souhaité ce poste, j'ai tout fait afin d'y arriver, travaillé durement, traversé la Suisse dans tous les sens, dormi dans tous les hôtels du pays, appris les langues... Depuis plus de trois ans, je suis responsable national de la force de vente chez Nestlé, mes équipes représentent l'ensemble des produits auprès des commerces de détail en Suisse. Cadre supérieur et membre de la direction commerciale du marché suisse, je suis là où je rêvais d'être. Mais voilà, l'environnement économique a changé, il est en mouvement et ne cesse de se transformer. Les activités de mes équipes sont remises en question et, je ne peux pas le nier, il est temps de redéfinir les besoins pour couvrir et servir nos clients. Nous entamons alors deux années de restructurations avec des réductions du nombre de postes importants, notamment pour en créer d'autres dans des domaines plus modernes et adaptés à la situation économique ainsi qu'à la structure client qui change. Des discussions difficiles et une gestion de projet aussi chronophage qu'intense. Bien que toutes ces restructurations soient justifiées par les lois du marché, l'exercice m'est difficile et lourd en émotion. Les années 2021 et 2022 ont été les pires de ma vie professionnelle. Certes, elles n'avaient que peu d'impact sur mon poste ou ma carrière, au contraire licencier du monde avec la forme m'a valu des primes et j'ai été reconnu pour le bon travail effectué. Il a donc fallu, d'abord, que j'accepte les changements à venir afin que je les fasse passer. J'y suis arrivé, mais à quel prix ? Devenu le propre bourreau de mon équipe, depuis deux ans, je restructure et réorganise, je présente et justifie, je scénarise et valorise, je quantifie le retour sur investissement. Je fais tout sauf mon travail de responsable de la force de vente. Je dois scier la branche sur laquelle je suis assis.

2 - PROCHE DE LA RUPTURE

« Nos fragilités sont nos forces. »
Patrick Sumi

Dimanche 17 avril 2022

Mon amie et moi passons le week-end dans mon camping-car à Arolla. Nous sommes là pour nous entraîner en vue de la prochaine Patrouille des Glaciers. Après une nuit confortable dans *Sam* (c'est le nom de mon bus VW), nous nous levons aux aurores afin d'attaquer cette journée. Nous prévoyons une belle sortie de ski de randonnée, avec la montée à la cabane des Vignettes, col de l'Évêque, puis redescente par le glacier d'Arolla. Nous aimons particulièrement cet endroit, car c'est là que nous nous sommes rencontrés. Lorsque nous sortons du bus, le froid est mordant, le gel matinal nous glace, mais ne nous arrête pas. Le parking est vide, la nature, encore engourdie de la nuit, tout est immaculé de neige, le soleil ne s'est pas encore levé, les oiseaux chantent. Nous chaussons nos skis et attaquons la pente du téléski, puis nous rejoignons la moraine pour y suivre sa crête : l'itinéraire classique de la montée à la cabane des Vignettes. Je ne suis pas en forme, ma compagne prend de l'avance et s'éloigne de quelques dizaines de mètres. Nous prenons de la hauteur. Avant de rejoindre les contreforts du glacier de Pièce, une pente raide se dresse face à nous. Les conversions s'enchaînent, mais je sens que quelque chose ne tourne pas rond, je n'ai pas le moral, ma tête est ailleurs et je suis fatigué. Je m'accroche, essayant de suivre mon amie qui s'éloigne inexorablement. C'est une pente escarpée, mais qui ne présente aucune difficulté, je devrais pouvoir enchaîner les conversions à ski sans peine et passer rapidement sur le plateau du glacier. Mais mon corps n'y arrive pas, j'ai peur, mes jambes tremblent et ma tête me lâche, je tombe puis glisse sur quelques mètres avant de stopper ma chute. Je m'effondre sur place, pleurant comme un enfant perdu dans un centre commercial. Je suis seul, mon amie n'est plus en vue. Il me faut quelques minutes pour retrouver mes esprits, reprendre la trace et m'encourager pour affronter les derniers mètres de cette pente. Au moment de retrouver ma compagne, je m'effondre de nouveau ! Après quelques minutes, un thé, un petit snack et la bienveillance de mon amie, nous repartons tranquillement. Le reste de la journée se déroule relativement bien, nous ralentissons le rythme et profitons du soleil. La journée retrouve un air de normalité malgré l'incident.

Le signal envoyé par mon corps est fort et limpide : je suis sur le fil, au bord de la rupture. Est-ce le burn-out ou ses prémices ? Je ne me reconnais plus, je suis épuisé. Mais le défi est à venir…

Les semaines se suivent et les discussions mènent toujours aux mêmes conclusions : je vais devoir me séparer d'une partie de mon équipe ainsi que d'un manager. Je n'en dors plus, faire le choix des personnes à licencier est un exercice insupportable. Je passe des heures à fixer des critères objectifs mesurables et factuels. Chaque semaine qui passe est un enfer, je sens qu'il va me manquer des forces, je suis à fleur de peau. À mon grand dépit et sur les conseils d'une collègue des ressources humaines, je me résigne à aller voir l'infirmière de l'entreprise. Le 19 mai, j'entre dans le bureau de cette dernière, une femme grande et élégante, au sourire sans fin. Thioro est sénégalaise, nous échangeons sur son pays avant d'évoquer la raison de ma visite. Elle m'écoute sans juger ni donner de solution, elle fait preuve de bienveillance et de compréhension, me tend des mouchoirs lorsque l'émotion me rattrape.

Thioro a eu les bonnes paroles pour illustrer ce que je vivais, elle a su me poser les bonnes questions, à commencer par : « Si tu devais évaluer le niveau de ta batterie, comme celle de ton téléphone, où le situes-tu ? » J'arrive à peine à répondre, mes émotions me submergent, je pleure, je vis ce que je redoutais : la perte de maîtrise, la perte de mes moyens. Mon effondrement est sans précédent, et jamais je n'avais imaginé en arriver là. Thioro insiste ; j'estime alors qu'il me reste dix pour cent de ma batterie, je sens mes forces limitées et mon énergie au plus bas, je suis irritable, n'ai plus de patience. Elle me pose alors une deuxième question : « Que veux-tu faire de ces dix pour cent qu'il te reste, comment et dans quoi veux-tu investir l'énergie restante ? » Ainsi, elle a su me faire comprendre que cette énergie restante devait être investie pour moi, pour ma santé, afin d'éviter le pire, la rupture. J'étais sur le fil et je pouvais sombrer à n'importe quel moment. Je ne la remercierai jamais assez d'avoir été présente à ce moment-là, j'avais tellement besoin d'aide.

À la suite de cette visite et sur ses conseils, je décide d'aller voir mon médecin de famille, qui fait le même constat, semblant rompu à cet exercice. J'ai confiance en lui, il me connaît. J'essaye, entre les montées d'émotion, de lui expliquer la situation. Il comprend et ne me juge pas. Il acquiesce en me confirmant que notre société est malade et ajoute : « Le travail tue, monsieur Sumi ! » En arrêt de travail durant deux semaines, j'espère retrouver l'énergie avant l'échéance de juin. Je veux être présent, ne pas fuir mes responsabilités, même si l'épreuve s'annonce difficile. Ces quelques jours me font beaucoup de bien, je lève le pied, prends soin de moi, passe du temps dans la nature et, comme à mon habitude, pratique du sport. Le mélange d'activités physiques et de nature m'est nécessaire, bienfaisant, salvateur.

Durant cette même période, j'ai pu profiter, grâce à mon employeur, d'un programme de coaching et d'un bilan de compétences professionnelles. Ce dernier a été une très bonne expérience et m'a permis de reprendre quelque peu confiance en moi durant ces moments de doute profond. Ce travail m'a également permis d'esquisser quelques idées et directions pour mes futures activités.

L'échéance est passée, le mois de juin fut terrible, jamais je n'ai ressenti autant d'émotions. Alain, Jean, Julia et bien d'autres ont perdu leur travail, pris par surprise un jour de juin, leur univers professionnel c'est subitement effondré. Je n'ai rien pu faire pour eux. Tous m'en veulent. Mes collègues et les équipes de ressources humaines m'ont bien aidé, soutenu. J'ai eu de la chance d'être accompagné dans cette épreuve. Mais je reste seul, seul avec mes responsabilités, les décisions et le projet que j'ai mené depuis deux ans. Seul avec cette désillusion, cette fatigue qui m'écrase et qui ne me permet plus d'être aussi actif, performant et positif qu'auparavant. Seul avec cette liste de noms qu'il fallait livrer, seul avec cette question que ceux qui ont perdu leur travail m'ont posée en me fixant droit dans les yeux et qui revient sans cesse : pourquoi moi ?

Seul face à la déshumanisation de notre société et aux exigences de l'entreprise : croissance, productivité, rentabilité et ROI *(return of investment)*, priorité, KPI's *(Key Performance Indicators's)*. Seul l'objectif commun, l'objectif de l'entreprise *corporate* compte. Selon son étymologie, *corporate* signifie « qui a un esprit de corps », le corps d'une entreprise à taille inhumaine où l'humain ne trouve plus sa place. Où l'intuition, le bon sens, le risque et l'entregent n'ont plus de place.

Je côtoie des managers qui, une fois le badge accroché à leur ceinture, dès que le costume est revêtu et qu'ils quittent leur foyer, ne sont plus eux-mêmes. On rentre au spectacle, une représentation dans la pièce de notre vie. J'ai longtemps porté ce costume qui m'allait si bien, profité du statut social si agréable qu'il me procurait. Mais aujourd'hui je ne peux plus…

3 - DES RÊVES ET DES AMBITIONS PLEIN LA TÊTE

« L'espérance et une insulte à l'instant. »
Sylvain Tesson, *Aphorismes dans les herbes et autres propos de la nuit*

Fin des années 1970

C'était le printemps. Ça sentait l'herbe naissante, et la nature faisait sa mue saisonnière. Je devais avoir 9 ou peut-être 10 ans. Avec ma mère et mon frère, nous habitions dans un appartement subventionné situé au nord de Lausanne dans un quartier populaire, où les rêves sont difficiles et lointains. En fait, on n'y rêve pas, on vit le quotidien. Nous vivions simplement, sans moyens particuliers, mais heureux, nos préoccupations se limitaient à jouer dehors avec les copains du quartier. Je me souviens que le foot prenait une place importante, les deux bouleaux à côté du garage faisaient office de poteaux de but, l'hiver nous descendions un talus de 5 mètres à ski, nous arrivions même à construire un saut au milieu. J'ai également le souvenir d'un champ à côté de chez nous, on l'appelait « le champ du dix », le numéro du HLM dans lequel nous vivions. Un terrain vague sur lequel tout était permis, des herbes hautes en friche, sur un côté un énorme marronnier qui nous pourvoyait en cartouches pour les batailles de marrons. Au fond, quelques arbres qui nous offraient une cache et du bois pour le feu. Avec les copains, nous récupérions des planches ainsi que tout ce qui pouvait nous aider à la construction d'une cabane. Nous l'avions dessinée, sur un socle carré, nous avions monté deux parois créant un triangle, c'était du solide. À l'intérieur, nous l'avions tapissée de moquette récupérée je ne sais où pour nous isoler. C'était devenu notre camp de base. Nous y passions nos journées, bricolions, allumions des feux devant l'entrée, y mangions et parfois même y dormions. La nuit tombée, nous partions en exploration, c'était l'aventure, nous allions comme des voleurs marauder les fruits sur les arbres des villas alentour. Nous étions tellement excités de nous mouvoir discrètement entre ces maisons, de nuit, nous pouvions y voir ce qui se passait à l'intérieur et secrètement nous nous déplacions dans les jardins, chapardant notre butin nocturne. C'étaient nos aventures, nos parents nous faisaient confiance et nous prenions nos libertés en secret. Je peux encore sentir nos frissons et la peur de se faire attraper. Une fois rentrés, nous mangions quelques fruits, puis nous glissions dans nos lits de fortune, encore tout excités. Aujourd'hui, je ressens une émotion similaire lorsque, en montagne, après une journée de randonnée, je me glisse dans ma tente et mon sac de couchage pour échapper à la nuit et à ses démons. Ce bonheur primaire et si simple que celui du bivouac ! L'école était notre punition, on brillait à la récré ou durant les heures de gymnastique. La sonnerie de fin de journée était synonyme de liberté, de copains, de football, de jeux dehors jusqu'à ce que notre maman s'échine à nous appeler. Rentrer à la maison était pour mon frère et moi une sanction, notre mère nous faisait rentrer par la porte-fenêtre de la terrasse et nous ressortions par la fenêtre de notre chambre. Être dehors, c'était notre vie, c'est dehors que nous étions heureux.

Puis, un jour de printemps, j'étais dans ma petite chambre, j'avais sans doute entendu parler ou vu à la télévision la tour

Eiffel, elle semblait si belle, si grande. À cette époque-là, l'édifice était l'un des monuments les plus grands d'Europe et il ne m'avait pas laissé indifférent. Cette tour, si haute, me préoccupait. Alors innocent, j'ouvre la fenêtre de ma chambre qui donnait côté ouest (j'étais juste !) nous habitions au rez-de-chaussée et, à l'aide d'une chaise, j'ai grimpé sur le bord de la fenêtre, debout sur cette dernière, je me suis mis sur la pointe des pieds pour voir au loin, le plus loin possible. J'espérais ainsi apercevoir la tour Eiffel ! C'était certes très naïf, mais en même temps très symbolique. Peut-être était-ce les prémices de mes envies d'aventure, d'exploration au-delà de ce que l'on peut observer depuis sa chambre.

Années 1990 et 2000

Puis le temps a passé. Les années ont défilé sans que je puisse vraiment voyager. Quelques vacances balnéaires que notre mère s'échinait à nous offrir, des séjours dans les Baléares avec les copains et l'équipe de foot. Puis est venu le temps du service militaire, du travail et celui de fonder une famille. En 1995 arrive Brian, mon fils ; en 1997 c'est au tour d'Allison, ma fille, de venir compléter le cocon familial. À 25 ans, j'étais déjà engagé professionnellement. J'avais envie de responsabilités et celle, viscérale, de faire carrière. Comme une nécessité, une revendication. S'est ensuivie une période de travail acharné ponctuée de formations continues. Il fallait avancer, réussir. Peut-être pour contredire tous les rêves tus lorsque nous étions jeunes dans notre quartier.

La passion du vélo est arrivée vers 20 ans. Mon père avait bien essayé de nous convertir avant, lui, le cycliste invétéré. Mais le foot prenait toujours le dessus. C'est donc à cet âge et durant l'armée que j'ai découvert le sport d'endurance, les longues marches, l'effort en montagne et le dépassement de soi. En fin d'école de recrue, je me lance le défi de suivre mon père sur la course de vélo tout-terrain du Grand Raid entre Hérémence et Grimentz : un parcours exigeant, long et technique. J'étais confiant et je suis parti tout feu tout flamme. Dans la dernière montée en direction de la Vielle sur les hauts d'Évolène, alors que j'étais à bout de forces, je sens une main sur mon épaule, celle de mon père qui me dit : « Alors c'est dur, mon fils ? » Oui, c'était difficile et, une fois arrivé, j'ai entrepris de m'entraîner sérieusement afin de revenir plus fort. Ne plus me faire dépasser par mon père, sans doute une fierté mal placée, mais celui-ci a toujours été une source d'inspiration, un exemple tant sur le plan sportif que sur la façon de mener sa vie. Les années qui ont suivi, j'ai cumulé les compétitions régionales de vélo tout-terrain ainsi que de vélo de route.

Mais rapidement l'envie de voyager et de découvrir le monde s'est fait ressentir, alors avec mon ex-épouse et nos deux enfants nous sommes partis à l'aventure en famille. Nous campions partout, jusqu'au sud de la Grèce dans le Péloponnèse, puis dès que ce fut possible, nous partîmes en Afrique du Sud pour un *road trip* sans aucune réservation. Nous aimions ces voyages et avions soif de découverte. C'est à cette même époque que j'ai commencé à lire des récits de voyages. Je me souviens de *Au cœur des Amériques de l'Alaska à Ushuaïa, 24 000 km en courant*, de Jamel Balhi qui, en courant, a relié l'Alaska à Ushuaïa. Puis ce fut *On a roulé sur la terre*, de Sylvain Tesson et Alexandre Poussin, un tour du monde à vélo. Ont suivi les fabuleuses aventures de Claude Marthaler et son livre *Les chants des roues*, dans lequel il raconte sept années d'aventure cycliste autour de la planète. De ces livres est né mon rêve, celui de partir à vélo pour arpenter le monde et vagabonder sur les routes. J'ai idéalisé et visualisé ces voyages jusqu'à en faire un projet. J'ai rencontré Claude Marthaler une fois et participé à l'une de ses conférences. Peu à peu ce rêve est devenu une obsession, un besoin qui me hantait nuit et jour. J'en ai discuté avec mon ex-épouse et j'ai commencé à préparer le projet, à esquisser le voyage d'une vie : cette ligne que chaque cyclo-voyageur aimerait pouvoir tracer sur une carte, le parcours que Jamel Balhi, Claude Marthaler, Sylvain Tesson et plus tard mon ami Pascal Bärtschi, et tant d'autres, ont parcouru. La traversée ultime des Amériques, la route qui relie le nord de l'Alaska à la Terre de Feu qu'est Ushuaïa au sud de l'Argentine, un chemin de croix de 24 000 kilomètres.

Il faut près d'une année et demie pour faire ce parcours à vélo, c'est un voyage, pas une course. Il faut pouvoir s'imprégner du voyage, vivre l'aventure et se laisser embarquer dans ce vagabondage cyclophile. Un projet ambitieux autant que magique. Mon ex-épouse, tout en étant favorable à ce projet, me met face à mes responsabilités. Elle avait raison ! Mais je ne lâche pas, je prépare, me renseigne et dévore des livres. En automne, je décide de faire un test et m'offre une semaine pour rouler autour de l'Irlande du Nord. Une expérience magnifique, imprégnée de belles rencontres ainsi que de paysages à couper le souffle. Mais partir seul me paraît trop égoïste, je n'arrive pas à me projeter dans un voyage au long cours sans ma famille.

Puis je tombe sur un livre, *Le tour du monde en famille*, de Jérôme Bourgine. Ce fut une révélation, une réponse à mes doutes, à ma soif de voyage, à ce besoin de découvrir et de partager. Quoi de mieux que de partager un projet en famille ! Un rêve et un voyage unique à vivre à quatre. Comme à chaque fois, lorsque je vois quelqu'un réaliser quelque chose, je me dis toujours que si, lui, il a pu le faire, je peux moi aussi y parvenir. Quelques mois passent, mes pensées demeurent. Jusqu'à cette soirée du 12 novembre 2004, nous étions à Menton dans le Sud de la France, je m'apprêtais à courir le Marathon de Monaco et des Riviera. Mon ex-épouse et moi passions une soirée sur la terrasse d'un restaurant, et la discussion s'invite à notre table. Nous convenons unanimement qu'un voyage en solitaire durant une année et demie ne serait pas supportable, tant sur un plan relationnel qu'organisationnel et financier. Alors je propose de partir en famille, comme celle dont j'avais lu le livre, une aventure unique et incroyable, un projet fondateur pour nous quatre. Ce fut l'un de ces moments où tout bascule, où par magie les regards pointent dans la même direction. Nous venions d'échafauder un projet commun qui nous emmènerait autour du monde. Quoi de mieux ? Puis, entre le dessert et le café, nous avons clos la discussion par une décision : nous partirions le 1er juillet 2007, ce qui nous donnerait du temps pour nous organiser, planifier et surtout économiser. Le genre de pacte qui vous met des fourmis dans les jambes, qui vous permet de soulever des montagnes.

S'ensuivent trois années de travail acharné et d'économie sans compromis. La situation n'était pas simple, nous n'avions pas d'argent de côté, mais rien ne pouvait nous freiner. Durant ces années de préparation, j'ai augmenté mes activités professionnelles et donné des cours du soir dans l'école de marketing dans laquelle j'étais déjà actif. J'y ai pris des responsabilités et y ai passé plus de soirées qu'il est possible d'imaginer. Ma motivation était sans faille ; le pacte était signé et le temps s'écoulait.

Le 1er juillet 2007, nous partîmes pour un tour du monde en famille, une aventure à travers 23 pays, sur près de 25 000 kilomètres en bus et plus de 20 000 kilomètres en train. La traversée de la Russie dans le transsibérien, la Mongolie, la Chine, le Vietnam, le Laos, la Thaïlande, la Malaisie et Singapour, tout ce parcours par voie terrestre. Puis nous avons exploré la côte est de l'Australie en van, la Nouvelle-Zélande, la Polynésie française et fait une halte d'une semaine sur l'île de Pâques. Une fois au Chili, à Santiago, nous sommes descendus jusqu'à Ushuaïa pour remonter la Patagonie, traverser la cordillère des Andes avant de rejoindre le Chili. De là, nous avons traversé la Bolivie et le Pérou en bus, par les hauts plateaux andins. Enfin, nous avons volé jusqu'au Panama pour remonter toute l'Amérique centrale et traverser en bus le Costa Rica, le Nicaragua, le Honduras, le Guatemala et finir à Mexico, avant de rentrer à la maison. Je suis fier de ce que nous avons réalisé, mon ex-femme, nos deux enfants et moi. Une aventure unique dont Brian et Allison ont retiré des valeurs extraordinaires, une ouverture sur le monde, une capacité d'adaptation incroyable, un comportement et un esprit inclusif sans limite. Ils sont devenus des êtres dont je suis très fier aujourd'hui.

À notre retour en 2008, nous avons repris nos activités ainsi que des voyages réguliers, au Cambodge, puis en Inde, au Myanmar. J'ai ajouté bien d'autres destinations lors de mes aventures sportives : le désert marocain, le désert de l'Utah aux États-Unis, le Yukon au Canada, puis la Laponie suédoise. Mais jamais je n'ai été rassasié, et ma soif d'aventures et de découvertes est demeurée intacte.

Les années ont passé et ma carrière a évolué au-delà de mes espérances. En parallèle et quelques années avant le voyage en famille, j'avais créé en 2004 avec mon ami Mike Boon l'association Just for Smiles, qui offre des activités sportives aux enfants et jeunes adultes polyhandicapés. Cette association est devenue aujourd'hui une fondation et est active sur le plan national. Je récidive actuellement avec l'association Out'Cha, créée conjointement avec mes amis Hervé Acosta et Victor Hugo Docarmo. Association qui favorise l'intégration et l'inclusion par le sport. Le sport et les défis s'enchaînent, la vie est très active, sans doute trop. Je suis obnubilé par les réussites et les performances. J'ai 53 ans, dont vingt-trois chez Nestlé, il me semble que j'arrive à un tournant de ma vie, à l'heure d'un premier bilan, et je suis fière de ce que j'ai accompli. Mais il s'agit aussi de réfléchir à ce qui peut encore être entrepris, aux rêves encore à réaliser. La *middle life crises*, la crise du milieu de la vie, comme l'appellent les anglophones…

4 – FATIGUÉ, TOUT M'AGRESSE. JE NE VAIS PAS BIEN

« Ce n'est pas un signe de santé que de bien s'adapter à une société profondément malade. »

Jiddu Krishnamurti, philosophe indien

Les apparences sont trompeuses. J'ai une vie très active, que ce soit sur le plan professionnel ou sportif, remplie de magnifiques projets, d'aventures, de voyages et de relations humaines, tant personnelles que familiales. Je cumule les activités. De l'extérieur, mon existence semble parfaite, avec une famille aimante, des enfants magnifiques, une amie incroyable que j'aime, la santé – bien que celle-ci soit toujours temporaire –, un super job et des projets plein la tête.

Mais ce tableau cache un réel mal-être. D'abord une lassitude régulière, puis une fatigue intense. Ces deux dernières années ont été particulièrement éprouvantes et, avec le temps, mon état d'esprit, mes envies et mes affinités évoluent. J'ai besoin de changer, de m'alléger, de simplifier et d'épurer. Bref, je dois faire le ménage dans ma vie, pour y voir plus clair. Dans ma tête, tout se brouille, mes repères se floutent, une situation accentuée par la période du covid. J'ai en effet développé une forme de militantisme contre le conventionnalisme, contre la normalité et ce que la société veut nous imposer. J'ai cessé de regarder les nouvelles à la télévision. Je ne lis plus les journaux.

J'évite, dans la mesure du possible, les achats en ligne et je vais à l'encontre de l'ordre établi, la pensée unique que notre société tente de nous infliger m'exaspère. Un changement s'opère en moi. Je sens que ce qui ne me plaît pas m'irrite. Je n'ai plus de protection et je me sens agressé, c'est un signe de ma fatigue mentale. Je suis épuisé. Mon regard sur le monde, en particulier sur l'environnement professionnel, a changé. Bien que j'apprécie toujours mon employeur ainsi que mon travail, j'ai de plus en plus de peine à accepter la grande mascarade du quotidien, les guignols du boulot où chacun joue son rôle. Là où les chimères d'un management bienveillant et inclusif, liant responsabilisation, indépendance et implication, sont confrontés à la dure réalité du business et du rouleau compresseur de l'entreprise, du *corporate* et de ses résultats.

Seul est valorisé ce qui se voit, le boulevard est ouvert aux extravertis, aux as de la communication, à ceux qui savent se faufiler dans les méandres de la politique, du politiquement correct et du *corporate*.

Planification, anticipation, implication et management du risque, voilà des compétences qui disparaissent au détriment de la subordination des responsabilités. Les métiers et les tâches perdent leurs sens et leurs contenus. Mon scepticisme grandit à la mesure de mon esprit fatigué, cela à des effets sur mon univers personnel et mon regard sur notre société. Il s'exprime au sujet de la vaccination contre le Covid-19 : comment sommes-nous arrivés à polariser les gens de la sorte ? Comment peut-on, en 2021-2022, interdire l'accès à un restaurant, un cinéma ou tout autre lieu public à une partie de la société ? J'ai moi-même été refoulé d'un restaurant. Même rage au sujet de la Coupe du monde au Qatar. *Idem* pour la voiture électrique, c'est un exemple de ce que le capitalisme fait de mieux. La pensée unique afin de créer de la valeur marchande en imposant de nouvelles technologies sur le dos du développement durable. Tous à l'unisson veulent nous faire passer à l'électrique en nous promettant un avenir tout vert, invoquant l'urgence écologique. Mais ces promesses contribuent avant tout à générer de la consommation de biens à prétendue valeur ajoutée en faveur du saint Graal, de la croissance et d'une utopique sauvegarde de notre planète.

Et puis, le digital et la numérisation, c'est le divertissement du peuple, le cheval de Troie de la consommation. Le monde économique s'époumone à nous faire croire que c'est l'avenir, la solution à tous nos maux. Le digital est un outil de croissance et d'augmentation de la productivité pour garantir du profit, au détriment du bien-être, de l'équilibre social et du travail. Les achats en ligne tuent le commerce de proximité qui, lui, est garant du lien social, du contact humain et des vrais échanges. Les réseaux sociaux s'approprient l'amitié et l'image du bonheur ; pendant ce temps le monde s'isole et laisse notre voisin seul avec son chien ou son chat.

Je suis à fleur de peau, je n'en veux plus et n'en peux plus, de ce mode de fonctionnement, du grand écart permanent que notre société nous impose, entre incitation à la consommation et écologie.

J'ai tellement travaillé pour atteindre ce que je pensais le rêve absolu ; LA RÉUSSITE sociale, mais aujourd'hui la réussite sociale est un concept capitaliste qui rend malade, poussant les gens à s'identifier à l'autre, se comparer et si possible posséder davantage que son voisin et ses amis. Je n'ai pas assez de temps pour faire ce que j'aimerais, chaque minute doit être utilisée, mon portable semble devenir mon meilleur ami. Je veux réinventer la réussite, lui donner une nouvelle définition.

J'ai joué avec les limites : l'épuisement psychologique et la fatigue mentale sont presque venus à bout de moi. J'ai pleuré, j'ai craqué, j'ai dû faire tomber le masque, j'ai taquiné le burn-out, alors que je me sentais fort et capable de surmonter toutes les épreuves, toutes les tempêtes. Mais voilà que l'épuisement, voire même les prémisses de la maladie, sont venus frapper à ma porte, après plus de vingt années de succès relatif chez Nestlé. Je n'ai plus la force de continuer, il me faut partir. Je n'en veux à personne, j'ai fait une belle carrière, mon employeur a cru en moi et m'a promu, soutenu et placé là où je le souhaitais. Loin de moi l'idée de cracher dans la soupe. Mon employeur n'a pas changé, mes collègues non plus, le milieu est le même, et les mécanismes économiques sont pareils qu'avant, le monde ne s'est pas métamorphosé en quelques mois, c'est moi qui me transforme et qui deviens un loup sauvage inadapté à cet environnement.

Je sens que je ne vais pas bien, mais je me bats pour continuer, pour ne rien lâcher, pour paraître et assumer. Être celui qui réussit, celui à qui le succès sourit, se battre pour ne pas perdre la face et maintenir l'image de celui qui avance avec pragmatisme. Je deviens agressif avec mes proches, mes amis, je n'arrive plus à prendre du recul et encore moins à être indulgent. Je perds patience et me sens agressé par tout ce qui m'entoure. Je suis malade, j'ai mal, je n'y arrive plus, la force me manque. Il est temps de faire face à ce mal-être. C'est lors d'une nuit d'insomnie que la réponse m'est soudainement apparue. Je suis malade, c'est moi qui ne vais pas bien, pas ceux qui m'entourent.

Je suis fatigué et il m'a fallu du temps pour m'en rendre compte, j'ai un autre regard sur les choses, sur les gens et sur notre société. Le monde et ceux qui m'entourent ne se sont pas métamorphosés en quelques mois. Certes, le covid, l'économie, la guerre en Ukraine et le changement climatique sont passés par là, influençant mon environnement. Mais je n'arrive plus à l'accepter et à vivre comme avant. Ce qui jusqu'alors n'avait que peu ou pas d'emprise sur moi, mon moral, mon énergie et ma motivation, m'affecte aujourd'hui de façon significative, comme des agressions journalières contre lesquelles je n'ai plus de protection, je suis hypersensible. C'est donc moi qui change, je suis la cause de mon mal-être, mes batteries sont vides. Certains éléments ne sont plus en adéquation avec mes valeurs et sont énergivores. L'épuisement, la lassitude, le désintéressement et l'isolement me guettent.

L'entourage est un élément clé pour éviter de sombrer, la solitude serait fatale. Je suis bien accompagné, en particulier par mon amie qui est à l'écoute et de bon conseil. Elle me connaît bien, son soutien indéfectible est une chance inouïe. Auprès d'elle, je peux être moi-même. Mes enfants, avec leur ouverture d'esprit et leur capacité de compréhension, ont su m'écouter. J'ai pu, sans me sentir jugé ni perdre la face, leur parler et traverser cette période sereinement. Mes amis fidèles sont également là et je peux compter sur eux. Pouvoir faire le diagnostic moi-même sur mon état de santé fut un passage clé afin d'entreprendre le changement.

J'ai rencontré des gens qui ont su m'aider, me tendre la main, un univers professionnel indulgent, attentionné et à l'écoute. J'ai pu m'exprimer et parler de ma situation, de mon mal-être et de cette fatigue. J'ai vécu des moments compliqués, quelques discussions animées avec mon chef, mais lui ne savait pas que je sombrais et que j'étais épuisé. Puis est venu le temps du partage, de l'échange, de discussions, le tout dans un cadre de confiance et de bienveillance. Une fois les choses dites, tout était plus clair, en particulier avec ma hiérarchie, qui a su m'écouter et me préserver. C'est une chance d'avoir pu gérer cette situation difficile dans cet environnement, que ce soit avec les ressources humaines, mon chef, mon directeur ou l'infirmière interne. J'ai été bien accueilli, j'ai pu parler, me confier et faire tomber le masque. C'est peut-être paradoxal, mais il faut différencier l'univers de l'entreprise, le corporatif et les gens.

Ces derniers sont bons et bienveillants dans la majorité, c'est l'environnement professionnel, le système, le business qui sont sans pitié. L'entreprise doit s'adapter à son environnement, si elle veut perdurer et croître dans un univers très compétitif, elle ne peut pas maintenir des postes qui ne correspondent plus aux exigences ou aux besoins du marché. Alors elle transforme, elle réorganise et parfois restructure, et ces changements peuvent se faire avec respect et bienveillance, bien que ce soit difficile pour ceux qui les vivent. Il faut également ajouter que, du fait de mon parcours et ma position dans l'entreprise, j'ai bénéficié d'une attention particulière. Mes relations de confiance et de longue date avec le top management m'ont permis d'accéder sans filtre à ces personnes.

5 - POINT DE NON-RETOUR

> « Si prendre une décision constitue le premier pas, la communiquer représente une autre étape importante, un acte fondateur. »
>
> Patrick Sumi

Il est difficile de décider de partir, d'abandonner, de jeter l'éponge. Renoncer à son confort matériel et financier pour sauter dans l'inconnu est un choix ardu. Remettre en question tout ce que j'ai construit est une réelle douleur. Mais je n'ai d'autre choix que de me projeter dans l'inconnu, que de quitter ce qui actuellement me détruit. Avant de sombrer, il me faut tout quitter. On a tenté de me retenir, proposé une nouvelle fonction, offert un nouveau poste que j'aurais pu souhaiter. Mais l'accepter aurait été dangereux, tant pour ma santé physique que morale. Accepter ce poste aurait signifié repartir pour un marathon alors que je venais d'en terminer un. La certitude de ne pas réussir, de flancher et par la même occasion de fragiliser et d'ébranler une équipe qui ne mérite pas ça. Je ne souhaite pas laisser la moindre chance à l'échec. Alors j'ai refusé. J'ai dit non.

Je sais que je fais le bon choix ! Les parenthèses professionnelles sont l'occasion de mieux reprendre, à l'image de l'année sabbatique prise en 2007-2008 pour notre tour du monde en famille. Cette pause fut une bouffée d'air frais, elle m'a permis de recharger mes batteries et de revenir avec une motivation nouvelle.

Réaliser mes rêves, vivre des expériences inoubliables, des émotions fortes, ne pas regretter. Aujourd'hui plus que jamais, ce besoin est plus fort que tout. J'aspire à davantage de simplicité, à vivre plus proche de la nature et plus sereinement. J'aimerais passer plus de temps en montagne et prendre soin de mon corps ainsi que de mon esprit. J'entame une cure de jouvence, une transition, une mise à zéro m'offrant une page blanche.

Cette transition a commencé et, avant que mon corps et mon esprit me lâchent, il me faut quitter mon travail, mais la volonté n'est pas suffisante, il faut décider et prendre des mesures concrètes. Seules les actions induisent le changement. J'ai donc décidé de me libérer de mes activités professionnelles : je quitterai Nestlé Suisse le 31 mars 2023, après vingt-trois années de bons et loyaux services. Je me prépare à partir pour un voyage à vélo de trois mois entre Lutry et le cap Nord. Un voyage de plus de 5 000 kilomètres qui devrait constituer une étape dans cette transition. C'est un rêve que je souhaitais accomplir depuis longtemps, inspiré par les grands voyageurs, en particulier par Claude Marthaler et Pascal Bärtschi, qui tous deux ont parcouru le monde sur leurs destriers. L'itinérance à vélo est à mes yeux la façon la plus adaptée pour voyager et découvrir le monde, elle offre non seulement une vision ralentie des pays et paysages traversés, mais également des rencontres, car le cycliste est abordable, il a le temps et ne représente aucun risque. Le vagabondage cycliste est la porte ouverte au voyage intérieur, à la pensée et à l'introspection. J'ai besoin de m'offrir ce vide et cet espace nécessaires à mes réflexions et à mes questionnements. La solitude est une chance, l'occasion de faire face à cet épuisement mental qui depuis des mois m'épuise. Ce voyage à vélo, je le rêve depuis tellement longtemps ! C'est mon tour, je vais commencer par trois mois et me laisser envoûter par le voyage au long cours, prendre le temps et laisser mes pensées, elles aussi, vagabonder.

Le soleil de minuit est un phénomène magnifique que seules les latitudes au-delà du cercle polaire nous offrent, le soleil s'abaisse jusqu'à minuit puis remonte sans se cacher derrière l'horizon, il rebondit sur ce dernier, offrant une nouvelle journée sans transition. Nos vies sont semblables, parfois remplies de moments forts et positifs, mais ces moments sont souvent précédés ou suivis d'autres plus difficiles et sombres. Le voyage au long court est similaire à ce que nous offre la vie, parfois il fait beau, parfois il pleut, certains jours le vent est de face et rend la progression difficile et éprouvante, le moral fait l'ascenseur, la forme physique fait parfois défaut. Il s'agit là de se battre et de faire preuve d'abnégation, de volontarisme, d'endurance et de résilience. D'autres jours, le vent arrière vous pousse et rend la journée plus facile, il faut en profiter pour pédaler, faire du chemin, prendre de l'avance. Souvent les rencontres sont positives, et lorsqu'on est invité à manger, si ce n'est pas à dormir, on est encouragé, stimulé et aidé dans notre progression, on partage, on échange, les rencontres deviennent de fabuleuses histoires humaines. Mais il se peut aussi que les rencontres soient moins agréables, marquées par l'agressivité du chauffeur pressé, la peur du vagabond ou de l'étranger, ou tout simplement l'incompréhension.

Le voyage en solitaire est une occasion de me regarder dans le miroir et répondre à mes questions personnelles, de mieux comprendre ma personnalité ainsi qu'esquisser les contours que je veux donner à mes activités professionnelles. Une occasion de m'arrêter et de prendre du recul sur ces dernières années, de faire le point sur mes valeurs et ce que je veux en faire à l'avenir. Ce sera ma thérapie, pour mieux comprendre qui je suis vraiment. Me poser, ralentir pour laisser place à la réflexion et au voyage intérieur. Une quête de soi visant à révéler qui se cache derrière le personnage en quête permanente de compétition, de réussite et de reconnaissance.

Automne 2022

Nous sommes début novembre. Bien que je travaille encore, je vais mieux depuis ma prise de décision en juin et sa communication en septembre. Je me sens libéré d'un gros poids. C'est une très bonne expérience que de parler, de lâcher prise et de se dévoiler. Mes collègues, mes collaborateurs ainsi que mon entourage m'aident beaucoup. Lorsque mon départ a été annoncé par mon chef durant une réunion de la direction commerciale, j'ai reçu beaucoup de compassion et de bienveillance de la part de mes collègues. En trente-cinq années de vie professionnelle, j'avais rarement ressenti autant d'émotion que ce jour-là. C'était le 29 septembre en fin d'après-midi, nous venions de passer la journée ensemble en conférence à discuter de business et je savais que mon chef allait faire l'annonce. Je m'y étais préparé ; ce choix, je l'avais fait il y avait des mois et je l'avais déjà bien assimilé. Puis, comme le veut l'agenda, vient le sujet *« people »* et d'un ton grave et chargé d'émotion, mon chef annonce que je vais quitter Nestlé, il fait référence aux difficultés que j'ai rencontrées ces derniers mois ainsi qu'à mon envie de tourner la page. Ces mots créent la stupéfaction, un silence lourd s'installe dans la salle. Je démarre mon discours tout en essayant de garder le contrôle de mes émotions, mais je suis encore bien trop sensible pour ne pas craquer, je n'arrive plus à parler, submergé. Les mots ne sont plus nécessaires, l'émotion partagée suffit, le silence devient communicateur. Lorsque, tant bien que mal, je termine ma confession, l'ensemble de mes collègues pleurent. Ensuite, ils viennent me parler et m'encourager. Je prends une posture et un visage que je n'ai jamais pris, que je ne me suis jamais permis, mais je suis épuisé, et m'exprimer devant mes collègues est difficile tant l'émotion est impossible à contrôler. Je pleure, le message est fort, je peux percevoir dans les yeux de certains de la compréhension, comme si ce que je viens d'annoncer leur était familier.

Si prendre une décision constitue le premier pas, la communiquer représente une autre étape importante, un acte fondateur.

Ce que je traverse n'est pas unique, et d'autres le vivent aussi, sans doute de façon différente et avec une autre intensité. En effet ma situation reste privilégiée : mes enfants sont adultes et presque indépendants, je vis dans un appartement à moindre coût, en colocation, je n'ai pas de dettes, pas de leasing ni d'hypothèques, pas de crédits à payer, mes loisirs ne me coûtent pas trop chers. Ce sont ces éléments qui font la différence avec mes collègues, je suis plus libre, plus léger, je l'avais préparé depuis longtemps, s'émanciper des obligations financières et matérielles offre la liberté, la flexibilité. Mes collègues qui peut-être vivent ou traversent une phase difficile, qui subissent également le stress, la pression quotidienne aussi bien au travail que dans le privé à cause de la nécessité d'assumer, n'ont peut-être pas la même liberté.

Lors d'un repas avec une équipe de collègues et quelques anciens, nous avons partagé un de ces déjeuners qui durent et laissent la place à la discussion, aux confidences et à l'échange. Nous nous rencontrons trois ou quatre fois par année pour garder contact et nous raconter nos vies. J'évoque les deux années que je viens de traverser, mes difficultés, ma fragilité du moment. J'expose également mon projet de voyage à vélo ainsi que le fait de ne pas avoir de plans fixes pour mon avenir. Cette nouvelle a bien alimenté les discussions de ce midi, chacun a son avis sur le sujet. C'est presque chez tous que je perçois une forme d'admiration, voire même d'envie, et je reçois beaucoup d'encouragements, comme si faire ce choix était courageux, comme si quitter cet étau qui m'étreint était un acte de bravoure. Pour ma part, je suis au contraire admiratif de voir et d'entendre certains qui, emprisonnés dans leurs activités professionnelles, dans leur confort financier et social, embourbés dans leur quotidien, malgré la pression et le volume de travail, restent.

Hiver 2022-2023

Depuis début janvier, je compte. Bizarrement, mon état d'esprit a changé durant les fêtes. Je suis resté très concentré et focalisé sur mon activité professionnelle jusqu'en fin d'année afin de terminer le mieux possible, d'assurer la transmission à mon successeur et surtout de m'occuper de mes collaborateurs. Dès janvier, c'est une évidence : la fin de mon activité chez Nestlé approche. Alors je compte, je compte les jours qui passent et qui me rapprochent de mon rêve, prenant progressivement plus de temps à la préparation de mon voyage à vélo.

6 – LA PRÉPARATION INDUIT LE CHANGEMENT

« Qui n'est pas capable d'applaudir des deux mains à l'effondrement de son bien n'est pas totalement mûr pour le vagabondage. »

Sylvain Tesson, *Petit traité sur l'immensité du monde*

21 décembre 2022

Rencontre avec mon nouvel ami, il y a de ces jours qui comptent dans une vie. L'objet de tous mes désirs est arrivé. Il est prêt et m'attend, fier comme une monture militaire avant le défilé. Il reluit, brille de sa présence majestueuse dans ce magasin de Vevey. Il m'attend. Comme lors d'un premier rendez-vous, on se regarde, on s'observe. J'appréhendais la taille, elle est juste. Je doutais de la couleur, son teint prune me scied parfaitement. Chaque détail, l'un après l'autre, me surprend et me contente. Il semble unique, parfait, solide et beau. Va-t-on s'entendre, se supporter, s'apprivoiser ? Les premiers regards sont joueurs, il semble apprécier mon toucher. Certes, certains détails se dévoileront plus tard, il faudra du temps pour que nous osions nous mettre à nu. Ça tombe bien, nous avons le temps et nous le prendrons afin de nous découvrir mutuellement. Mais l'effet est bien là, l'espace d'un instant, je me sens tout seul dans ce magasin, je le regarde, l'émotion m'étreint et me submerge. J'attendais cette rencontre depuis tellement longtemps. J'en rêvais, je désirais ce partenaire depuis plus de vingt ans, mais la vie en avait décidé autrement. J'étais dans cette phase où ce genre d'infidélité n'est pas possible. On ne renonce pas à ses choix pour une cavalcade éphémère. On ne quitte pas un nid pour une aventure sans lendemain, même extraordinaire. J'avais tenté, avec une vieille connaissance, de flirter avec la liberté cycliste, un court séjour en Irlande du Nord durant l'automne 2003, une belle aventure, mais je ne m'étais pas senti très bien. Rapidement, je m'étais ennuyé, et l'aventure, bien qu'excitante et prometteuse, s'est terminée après quelques jours. Mais, au moins, j'avais goûté à la liberté.

Quelques jours plus tard, c'est notre deuxième rencontre. Les soubresauts de la première entrevue nous avaient laissés tout chose et je me hâtais de le revoir, de le toucher, de l'enfourcher. Ce fut encore une fois fort, intense et joyeux. Il semble que l'alchimie avait pris et que notre destin se dessinait gentiment. Ce soir-là, après quelques réglages de détails, nous rentrions ensemble pour la première fois, nous venions de pactiser pour le meilleur et pour le pire. Nous étions presque gênés des aventures à venir. Serions-nous assez endurants, conciliants et solides pour entreprendre cette histoire ensemble ? Je le souhaitais. Ensemble, mon vélo de voyage et moi.

29 décembre 2022

La saison de ski n'a pas encore débuté. Les conditions ne sont malheureusement pas bonnes. La neige peine à couvrir les montagnes. La pluie déverse tout son retard sur nos contrées. Il fait presque chaud. Alors, à défaut de ski, mon amie et moi partons à Paris. Cette escapade s'est révélée symptomatique de ma transition : le sentiment d'être sur le seuil de ma vie, entre deux pièces, celle que je m'apprête à quitter et celle que je vais découvrir. Comme la fin d'un livre dont les chapitres ont façonné ma vie d'hyperactif. Il s'agit de regarder devant, d'appréhender positivement l'avenir, avec la nécessité d'embrasser le changement, de me métamorphoser, d'éclore. Il est temps de choisir un nouveau livre dans la bibliothèque de la vie. Je cherche un ouvrage plus simple, plus calme et serein, qui propose des histoires de solidarité, de montagne et d'aventures, de nouvelles rencontres ainsi que des activités professionnelles plus en lien avec mes motivations et mes valeurs. Bien entendu la famille, l'amour et l'amitié continueront à y prendre une belle place. Mais le chemin est encore long… Cependant je sens que les choses changent, que mon comportement et mes aspirations sont en mutation, que je suis sur le bon chemin. Le changement est toujours bon. Il apporte la nouveauté et ouvre une fenêtre sur des opportunités inconnues.

Revenons à Paris. Alors que nous écumions les boutiques attirantes et originales de la Ville Lumière, me voilà dans l'impossibilité d'acheter quoi que ce soit, je n'ai pas pu dépenser le moindre sou. Seuls le vécu et les expériences m'offrent du plaisir, je veux fabriquer des souvenirs. Je suis entre deux existences totalement opposées, qui viennent s'entrechoquer. Je ne vois plus les choses comme avant. Mon état d'esprit est en mutation, je suis dans le chantier de ma vie, on refait les dalles, on ravale les façades, on démonte tout pour repartir de zéro ; est-ce possible ? Mon esprit cherche dans les rayons de la librairie de la vie, le regard s'arrête sur des titres tels que : liberté et aventure, calme et zénitude, passion et nature ou encore nouveaux projets de vie. L'avenir nous le dira. Mais pour le moment sur ce pas de porte, ou l'antichambre de ma future vie, j'ai de la peine et je suis encore fatigué. L'être humain me fatigue, il m'écœure, parfois sa médiocrité m'exaspère, j'ai du mal à comprendre qu'on fasse la queue pour visiter la tour Eiffel ou aller boire un café au Café de Flore, attendre trente minutes pour boire un verre dans LE bistrot de Paris, non pas pour espérer y rencontrer un écrivain ou un acteur connu, mais parce qu'il s'agit de s'afficher, d'y être allé, de l'avoir fait. Cela serait encore acceptable et compréhensible si c'était pour la qualité du café ou l'expérience qu'on peut y vivre, car c'est un lieu magnifique. Mais une grande partie des consommateurs de cette terrasse sont plus attirés par le diktat des réseaux sociaux qui conditionnent leurs comportements, alors ils se prennent en photo, font des selfies pour alimenter eux-mêmes des réseaux sociaux qui gerbent du m'as-tu-vu à qui le *like* bien. Le groupement de suiveurs se sacrifiant toute l'année pour s'acheter une pochette Louis Vuitton, le dernier téléphone à la pomme, on n'a pas d'argent, mais on fait comme si, c'est le cirque de l'illusion, les chimères de la bonne société, la grande supercherie. Ces comportements génèrent des flux de consommateurs suivant comme des moutons des influenceurs de débilités. Je pense à Sylvain Tesson, écrivain aventurier qui, habitant dans ce quartier, doit vomir devant ce spectacle « la médiocrité humaine », dirait-il.

Ce que mes yeux voient en cette fin d'année 2022, c'est une société en mal de vie, en mal d'être. Je faisais et, sans doute, je fais encore partie de cette société à certains égards. J'ai mes travers. Mais je suis dans le changement, j'y aspire et je souhaite me libérer de ces absurdités qui envahissent notre quotidien. Chaque jour qui passe m'offre pléthore d'exemples de ce que je ne veux plus. Je crois que mon esprit est déjà en voyage, je me projette déjà, me concentre et me replie sur moi-même pour être prêt le jour venu. Ma mue est en marche, je le sens.

19 mars 2023, J-13 avant le départ

Tout est prêt, il me reste quelques éléments à régler et j'essaye de m'entraîner au mieux afin de préparer non seulement mon matériel, mais également mon corps à ce qui vient. Je parcours quotidiennement quelques kilomètres à vélo pour m'éviter une blessure prématurée ou un mal de fesse qui, tôt ou tard, arrivera.

Je ne suis pas certain de prendre la mesure de la liberté que je m'octroie, du vide que ce changement va laisser. La préparation du voyage meuble bien mes pensées et je mets toute mon énergie dans mon futur projet. Mon aventure Nestlé fut extraordinaire, j'y ai vécu exactement ce que je voulais. Venant de la filière de l'apprentissage, je n'avais que peu de chances d'arriver à ce niveau, mais à force d'y croire, de travail acharné, de formations continues et d'abnégation, j'y suis arrivé. Je tire un bilan très positif, je suis fier du chemin accompli jusqu'alors. Les deux dernières années ne terniront pas mon souvenir de mes vingt-trois années passées chez Nestlé. J'attaque la dernière semaine : je rends la voiture, je vais prendre congé de mes collègues lors d'un apéro suivi d'un repas. Jeudi sera le dernier jour, le temps de quelques cafés avec certains, des serrages de mains, des tapes sur l'épaule de mes collègues, qui me souhaiteront le meilleur. Je rends mon ordinateur à mon chef, ma carte de crédit *corporate* et on se prend dans les bras, pas le temps de trop tergiverser, sa prochaine séance va bientôt commencer. Un dernier coup d'œil dans les bureaux, mais tout le monde travaille, la machine poursuit sa route, et mon départ n'est finalement qu'anecdotique, je descends les escaliers que j'ai usés mille fois, passe devant la réception, pour un dernier « bonjour, monsieur Sumi », je dépose mon badge, ce qui clôt symboliquement mon aventure Nestlé.

Printemps 2023

Derniers préparatifs : je peaufine, je règle, je réfléchis, je pèse, je teste… Je suis déjà dans mon voyage, j'aime cette période de préparation, elle fait partie intégrante de l'aventure. J'adore passer en revue mon matériel, réfléchir aux habits que j'ai prévus. Aurai-je assez chaud ? Suffisamment de couches de vêtements ? Et s'il pleut, voire s'il neige, lors de ma traversée de l'Autriche ? Il me faut donc une doudoune et une bonne veste de pluie. Est-ce que la polaire sera de trop ? Quelle tente choisir, l'ultralégère ou la plus robuste, celle qui va durer et résister à trois mois de voyage, aux intempéries et aux aléas de l'aventure ? En ce qui concerne l'équipement nocturne, j'opte pour un matelas confortable et solide, car je vais dormir dessus durant trois mois, ainsi qu'un sac de couchage relativement chaud. Je privilégie le confort pour le bivouac afin de m'assurer des bonnes nuits et, ainsi, de bien récupérer. Cependant je me déleste d'autres éléments, comme les lampes, la pharmacie et les affaires de cuisine, quoique j'ai fait le choix d'un réchaud à essence multifuel, plus lourd que le réchaud à gaz et ses petites bonbonnes, parce que l'essence est disponible partout. Je peux utiliser tout ce que l'on trouve dans une station essence. Alors que les bonbonnes de gaz ne se trouvent pas si facilement, il faut souvent entrer dans les villes et trouver un magasin spécialisé pour en acheter. Je n'ai également pas pu résister à emporter ma petite cafetière italienne Moka, je ne peux me passer d'un bon café le matin, j'ai envie de retrouver l'odeur du café moulu dans ma tente.

L'élément qui me donne le plus de fil à retordre, c'est l'autonomie électrique et le poids qui en découle. Je tente de minimiser le matériel et ne prendre que le nécessaire. Je pourrais privilégier la version minimaliste du type aventurier des années 1970, mais nous sommes en 2023, et l'électricité est partout, bien que j'aspire à de la quiétude, de la tranquillité et de la sobriété en ce qui concerne la connexion à internet. Je m'encombre de beaucoup de matériel nécessitant de l'électricité : mon téléphone portable, un GPS avec lecture de cartes pour me diriger, une lampe frontale, une batterie externe, mon ordinateur. Ce dernier n'était vraiment pas nécessaire, mais mon expérience lors de mon tour du monde en 2007, où j'avais tout rédigé à la main, m'a laissé des regrets, car je n'ai jamais eu la force et la motivation pour retranscrire ces textes après coup. Je me décide pour un ordinateur ancien et léger, auquel s'ajoutent ma caméra et mon drone. Tout ce matériel permettant de produire image et son pèse lourd, mais je ne peux m'en passer, car je désire réaliser un film sur cette aventure.

Je pars avec quatre sacoches qui viennent se fixer sur les supports à l'avant et à l'arrière du vélo : celles de devant ont une capacité de douze litres chacune, celles de derrière, de vingt litres. S'y ajoutent un sac étanche que je placerai sur le porte-bagages du vélo, la sacoche de guidon d'une capacité de 6 litres et une sacoche de cadre de 3 litres.

Tout cela représente dès le 1er avril mon quatre-pièces-et-demie pour vagabond.

Devant à gauche, ma cuisine avec tout ce dont je peux avoir besoin pour chauffer de l'eau et préparer à manger, soit : réchaud à essence, casseroles en titane, ustensiles de cuisine, bols, services, cafetière italienne et base d'alimentation pour les premiers jours (soupes instantanées, pâtes, céréales et raisins secs).

Devant à droite vient tout l'équipement contre les intempéries : veste et pantalon imperméables, couvre-chaussures pour la pluie, veste coupe-vent, gants et surgants de pluie, pharmacie de voyage, et câbles électriques ainsi que batterie externe.

Derrière à gauche se trouve ma chambre à coucher : tente deux places, matelas, sac à viande afin de protéger mon sac de couchage, coussin, lampe de poche et base pour la tente, trousse de toilette et ordinateur.

Derrière à droite, ma garde-robe, 20 litres en tout, soit la version la plus simpliste de la valise de voyage. On y trouve un pantalon, une polaire, des sous-vêtements, des t-shirts en laine mérinos pour éviter les odeurs et quelques autres vêtements. J'ai séparé les habits pour rouler à vélo durant la journée de ceux que je désire garder propres et que je ne porterai qu'une fois l'étape du jour terminée.

Dans le sac étanche arrière viennent mon sac de couchage bien comprimé, une veste en duvet, une paire de chaussures de jogging ainsi que des tongs. J'y ajoute mon drone.

Dans la sacoche de guidon, je mets le nécessaire à avoir sous la main durant la journée : caméra, téléphone portable, quelques *snacks*, lunettes, bloc-notes et mes divers objets de valeur.

Enfin, la dernière sacoche, celle du cadre, accueille ma caisse à outils pour parer aux problèmes que l'aventure va m'offrir : réparation en cas de crevaison, chambre à air, rustines, pompe, maillons de chaîne, outillages essentiels.

Certain que le voyage va m'apprendre à ranger, m'organiser et m'adapter, que l'expérience jour après jour m'enseignera à distinguer le nécessaire de ce qui ne l'est pas.

7 - PREMIERS COUPS DE PÉDALE

« L'homme libre possède le temps. L'homme qui maîtrise l'espace est simplement puissant. »

Sylvain Tesson, *Dans les forêts de Sibérie*

1er avril 2023

Le jour du départ ! J'ai pris soin de préparer mes affaires la veille, pour profiter pleinement de ce moment tant attendu. Je prends le petit déjeuner avec mon amie et son fils de 6 ans. J'ai le sentiment d'avoir oublié quelque chose. Je jette encore une paire de lunettes dans un sac avant de descendre charger mon vélo. Je me rends au café en face de chez moi, j'ai convié quelques personnes pour l'occasion. Je suis touché et heureux de voir tout ce monde qui s'est déplacé pour mon départ. Malgré la grisaille, les nuages bas et la pluie, l'ambiance est à la fête, c'est jovial. Je suis ému, mais un peu absent. Je regrette et m'en veux de ne pas avoir assez de temps pour chacune des personnes présentes. Mon esprit est ailleurs. Peut-être est-il déjà en route ? Les personnes qui comptent à mes yeux sont présentes : ma mère, mon père, mes enfants, ma compagne, son fils, mon frère et sa fille, les amis, des collègues. Des gens qui croient en moi.

Devant eux, j'enfile le pantalon et la veste de pluie, les protections pour les pieds. Je ne suis pas à l'aise devant tout ce monde. Je n'ai encore rien réalisé. Ils me prennent en photo, comme pour témoigner du grand départ.

Dernières embrassades, et j'enfourche ma monture. Victor, Patrick, Michaela, Laure, Cathy, Allison ainsi que mon amie et son fils font un bout de chemin avec moi. Certains m'accompagnent jusqu'à Villette, d'autres sur les 38 kilomètres de cette première étape qui nous mène jusqu'à Lucens. La météo n'est pas bonne, mais pour le moment elle nous épargne la pluie. Ces premiers coups de pédale sont malgré tout agréables ! On traverse les vignes du Lavaux, inscrit au patrimoine mondial de l'UNESCO, un arrêt à Puidoux vers Seb, mon sponsor, au magasin Alpi'trail. Il s'est démené pour m'équiper et me fournir tout le matériel adapté. Nous faisons une petite pause, apéro pour certains et thé pour d'autres, puis nous reprenons la route. J'ai des fourmis dans les jambes et l'envie d'avancer. Nous évitons de justesse une grosse averse en nous réfugiant dans un café à Mézières, où nous mangeons avant de terminer l'étape chez mon ami Pascal Bärtschi et sa compagne Élodie.

Pascal Bärtschi est comme un mentor pour moi, je suis rempli d'admiration pour son parcours. À un peu plus de 30 ans, il est parti plus de six années à vélo pour découvrir le monde : un périple de 110 000 kilomètres qu'il raconte dans un film et un livre extraordinaires. Pascal et Élodie nous accueillent, ma compagne, son fils et une équipe de fidèles amis, pour la soirée. Ambiance chaleureuse et partage amical sont au rendez-vous. Malgré une pluie fine, nous campons dans le jardin.

Le lendemain, je prends congé de tout le monde, sauf de Pascal, qui m'accompagne à vélo jusqu'à Payerne. Mon guide du jour m'emmène sur des petits chemins de traverse, nous longeons la rivière de la Broye qui fait frontière entre les cantons de Vaud et Fribourg. L'occasion de m'inspirer et d'écouter les conseils avisés de Pascal. Une fois dans le chef-lieu de la Broye, nous buvons un café chaud, j'achète un sandwich, puis mon compagnon opère un demi-tour. Ce fut un vrai plaisir de partager ces kilomètres avec lui.

Là commence l'aventure. Je suis seul, plus rien, plus de bruit, plus de discussion, plus de prochaines étapes programmées, le néant, le vide, la liberté. J'entre petit à petit dans mon rêve. Plus de vingt années que cela me hante de me glisser dans la peau des aventuriers dont j'ai lu les livres. C'est enfin mon tour ! Désormais, seul le silence m'accompagne, il me guide à travers une nature calme, rafraîchissante. Je suis sur un de ces chemins qui ne mènent nulle part. Le temps est couvert, il fait frais, et le printemps semble faire deux pas en arrière pour, je l'espère, mieux revenir. Je file à travers Avenches et visite rapidement l'amphithéâtre romain. La campagne broyarde fait place à celle de Fribourg. Je perçois non loin Courtepin et son moulin. J'arrive assez vite à l'étape que je m'étais fixée, un camping à Düdingen. Je prends ma première leçon : ne pas attendre d'être sur le lieu du bivouac pour m'approvisionner en essence pour mon réchaud ! À défaut d'avoir anticipé, je dois donc me rendre jusqu'à la station, à 2 kilomètres de là, pour 800 millilitres de carburant.

Je monte ma tente et m'installe dans l'herbe, au même moment arrive un bus suivi d'une énorme caravane. Ce dernier quitte le petit chemin qui traverse le camping pour se placer dans l'allée herbeuse, mais le terrain est gras, ni le bus ni la caravane ne peuvent avancer. Les roues patinent à 5 mètres de ma tente. J'offre immédiatement mon aide. Je pousse de toutes mes forces pour sortir le bus, après quelques essais nous parvenons à le remettre sur le chemin. Avec une corde, Denis, le chauffeur, parvient à faire bouger la caravane pour la reprendre avec le crochet du bus. Le voilà sorti d'affaire. Le terrain est labouré, mais il est posé. Denis, proche de la quarantaine, est indépendant. Sa petite entreprise ne connaît pas la crise. Il ne compte pas ses heures, se déplace beaucoup, car ses compétences sont rares et appréciées. Afin d'éviter les hôtels ou des kilomètres inutiles, il se déplace avec sa caravane et dort sur place. Heureux d'être sorti d'affaire, il me propose une bière. Nous profitons d'une éclaircie pour la savourer au soleil. Nous échangeons sur nos vies et tentons futilement de refaire le monde. Il m'invite ensuite dans sa caravane pour manger : pâtes, tomate et fromage, rien de gastronomique, mais j'apprécie l'invitation. Alors que j'ai de la peine à terminer ma bière, Denis enchaîne les canettes.

3 avril 2023

Au moment de repartir ce lundi matin, mon GPS semble ne pas trouver le chemin, ce qui m'oblige à m'arrêter pour consulter sur mon téléphone, car la carte est de bien meilleure qualité sur ce dernier. J'ai fait le choix d'un système de navigation à la dernière minute, car le téléphone est trop gourmand en énergie. Dans l'ensemble ça fonctionne, mais lorsque je sors du chemin prévu il a de la peine à recalculer et à trouver un nouvel itinéraire. Peut-être aurais-je dû me munir de bonnes vieilles cartes géographiques en papier ? C'est encore le moyen le plus sûr. Mais il m'aurait fallu remplir une sacoche entière avec ces dernières qui, un jour de pluie, m'auraient elles aussi abandonné. Les jours passant, je m'habitue au GPS, bien qu'il m'emmène parfois sur des chemins escarpés ou de VTT, inadaptés à mon vélo et à mon chargement. J'apprends également à prendre le temps, à m'arrêter cinq minutes pour faire le point sur mon itinéraire, c'est aussi l'occasion pour faire une petite pause. Je sors volontairement et régulièrement du parcours prévu, car l'application me propose parfois des petits chemins, des itinéraires alternatifs.

Le tracé du jour me mène le long de la rivière Saane, un charmant chemin bucolique longeant une berge naturelle sur près de 20 kilomètres. Je ne croise personne. J'observe et écoute les oiseaux, le silence n'est fendu que par le bruit de mon pédalier. Le soleil brille, mais la température flirte avec 0 degré, et une bise souffle, bien entendu de face. Il fait froid lorsque j'entre dans l'Emmenthal, paysages magnifiques, joliment vallonnés et verdoyants. Je traverse des petits villages et des hameaux splendides. Les fermes sont restées traditionnelles avec des toits de bardeaux, des façades en bois aux petites fenêtres pour garder la chaleur à l'intérieur. On dirait un tableau de Burnand. Un échantillon de Suisse traditionnelle. La météo est changeante, des nuages viennent noircir le ciel, une petite bruine et le vent rendent la fin de journée rude. Mon dos mouillé de transpiration ainsi que la succession de montées et de descentes n'aident pas à me réchauffer. Les kilomètres parcourus sur mon GPS m'indiquent que mon labeur du jour arrive à son terme. Au bout de mes forces et frigorifié, je repère une ferme au sommet d'une colline. Derrière celle-ci, je vois un jeune garçon affairé à nourrir des animaux. Je m'arrête et j'appelle plusieurs fois. Aucune réponse ! Mais je n'ai aucune intention de repartir d'ici. J'ai repéré une pelouse jouxtant la maison avec une petite cabane, elle serait idéale pour me protéger du vent. Alors j'insiste jusqu'à ce qu'il me voie, agitant mes bras. Il vient dans ma direction, je lui demande si je peux planter ma tente, montrant le terrain que j'avais repéré. Sans hésiter, il me répond oui, mais il va toutefois demander à sa mère. Sort alors une petite femme énergique, large sourire, chevelure blonde et frisée. « Moi, c'est Franzi », me dit-elle dans un Suisse allemand bien local, « bien entendu que tu peux planter ta tente ici, ou derrière la maison c'est tranquille. Mais il fait froid, non ? Si tu veux, tu peux dormir sur le canapé et aussi manger avec nous, ça te dit ? Ah ! j'y pense, notre fille est en camp, sa chambre est libre, tu peux y dormir. On mange vers

18 h 45. » Franzi est directe, pragmatique et tellement aimable. Me voilà installé dans la chambre d'une ferme dans l'Emmenthal. Les photos-souvenirs trônent sur la table de nuit et sur les murs, les affaires d'école sont sur le petit bureau, l'étendage à linge vide attend sa prochaine lessive. Je prends une douche bien chaude et me repose un moment. Il est déjà tard. De retour dans la salle à manger, je rencontre presque toute la famille : Franzi, Bruno, son mari, Raphaël et Andrin. C'est lui qui s'occupait des bêtes : deux ânes, trois chèvres, trois tortues, des poules. Mon vocabulaire allemand étant limité, je n'ai pas tout compris. « Nous sommes une famille conservatrice ! On aime la campagne et on passe nos vacances en Suisse », me dit Franzi. Des photos de la famille en vêtements traditionnels décorent les murs. « Je jodle », ajoute-t-elle. Elle finira par m'offrir son CD. Je lui propose de l'envoyer à mon domicile par courrier postal. Elle comprend alors que, sur mon vélo, chaque gramme compte.

Nous passons un moment chaleureux autour de la table. On m'interroge sur mon aventure, mon parcours, puis chacun m'explique ce qu'il fait. Franzi travaille dans une garderie, Bruno est maçon à son compte, Raphaël suit un apprentissage en maçonnerie, Andrin est à l'école. Après un excellent repas, nous débarrassons la table. « Ici, on se lève tôt. » En effet, à 8 heures le lendemain matin, tout le monde a disparu, excepté Franzi qui m'attend avec un magnifique petit déjeuner. Je ne m'attarde pas, range mes affaires, charge mon vélo et prends congé d'elle après une photo-souvenir. Quelle leçon de vie ! Serais-je capable d'une telle hospitalité ? Aurais-je ouvert ma porte à un inconnu ?

Je reprends ma route qui traverse une belle région de forêts denses, campagnes verdoyantes et rivières agitées. Les petits villages se succèdent, les kilomètres défilent. Premier rendez-vous du périple, près de Lucerne, avec Peter* mon désormais ex-collaborateur. Nous déjeunons tous les deux, échangeons sur ces années à travailler ensemble. Le rapport hiérarchique n'existe plus, et la discussion est très ouverte. Peter est libéré, il n'est plus en face de son chef. Mais les tempêtes traversées ont laissé des traces en chacun de nous. Peter est passé entre les gouttes, je n'ai pas eu à mettre son nom sur une liste. Il m'en remercie. Je vois encore dans ses yeux la reconnaissance de ne pas l'avoir licencié. Ni lui ni moi ne sommes dupes, nous connaissons tous deux la situation et savons que rien n'est figé dans le marbre. Il va devoir vivre avec cette incertitude. Je lui répète le message que j'ai martelé durant les dernières années : il faut anticiper, se former continuellement pour rester employable et pouvoir réagir le moment venu. Peter est un bon élément, mais l'expérience a démontré que bien travailler ne suffit pas à pérenniser son poste de travail. Après ce moment de partage très agréable, je reprends la route, je pédale, et mon esprit a du mal à revenir à l'instant présent. Les souvenirs de cette période difficile sont encore bien présents dans ma tête. Parfois, les regards et les paroles de ceux que j'ai malheureusement dû licencier me reviennent, me hantent. J'entends encore cette question, martelée avec un regard noir : « Pourquoi moi ? » Alors je me concentre sur la route, je fixe mon guidon, je lis les données de l'écran du GPS, et petit à petit le chemin fait son travail. Il apaise, il efface, il pardonne, il absout. Il faudra du temps pour oublier et remonter la pente. Les kilomètres se cumulent, déjà plus de cinquante, et je ne vois aucune possibilité de dormir dans cet environnement urbain. Je décide donc de continuer jusqu'à Zoug, ce qui représente une étape de 80 kilomètres, alors que je m'étais promis de ne pas dépasser 50 kilomètres par jour afin de m'accoutumer à l'effort et d'éviter une blessure.

Joli bivouac au bord du lac de Zoug où je rencontre Félix, le gérant du camping. L'homme est accueillant, et nous échangeons volontiers sur nos aventures. J'installe ma tente non loin du lac alors que le soleil brille et chauffe encore. Dès que ce dernier s'est couché, la température n'invite pas à rester dehors. Il fait trop froid pour que je cuisine devant ma tente, je m'offre donc les services de Félix pour les repas du soir et du matin. Après une nuit calme et fraîche, je repars, un passage à Zoug, puis j'enchaîne avec le col du Hirtzel pour plonger sur le lac de Zurich jusqu'à Pfäffikon. Plus tard, je longe les rives du lac de Walen aux eaux turquoise, dans lesquelles les montagnes se reflètent.

Je n'étais pas retourné à Walenstadt depuis mon service militaire, trente ans auparavant. Je m'arrête devant la caserne. L'endroit est méconnaissable. Je me rends devant la guérite d'entrée, qui n'existait pas à l'époque. Je demande à la personne de la sécurité si je peux rentrer pour visiter. Je lui explique que j'y étais venu durant mon école d'officier. Je crois que j'y avais passé près de trois semaines. L'école d'officier de l'infanterie de montagne est une expérience formidable, j'y ai appris énormément de choses : l'endurance, l'effort, l'organisation, le management, la rigueur et la camaraderie. Et, surtout, la résilience. On nous poussait dans nos retranchements, nous devions apprendre à gérer et à conduire des équipes, prendre des décisions et garder une vision globale alors que nous étions fatigués, trempés, éreintés par des exercices nuit et jour.

Je roule encore jusqu'à Sargans et termine cette journée avec plus de 70 kilomètres dans les jambes. Je me maudis de rouler autant ! Un paysan me laisse m'installer près de sa ferme. Je cuisine un repas chaud et me repose enfin. Seul le chant des oiseaux vient briser le silence de cette fin de journée bien agréable.

8 - LE TEST AUTRICHIEN

> « La liberté a toujours été une chose chère. L'histoire est un témoignage digne du fait que la liberté est rarement acquise sans sacrifice et abnégation. »
>
> Martin Luther King

Au petit matin, je fais chauffer de l'eau pour me préparer un porridge et un café avant de reprendre la route. Avant d'atteindre l'Autriche, je traverse le Lichtenstein. Dès les premiers coups de pédale, je sens une douleur au genou gauche. Il semble que mon tendon rotulien soit irrité. La douleur augmente lorsque ça monte ou que je force un peu, je n'aime pas ça. Après 25 kilomètres, je m'arrête prendre un café dans le village de Nendeln. Je pénètre dans un établissement à mi-chemin entre la cantine pour employés et le bar branché. Avant de m'installer, je demande si je peux bénéficier de l'électricité. J'ai besoin de recharger mon portable, mon GPS et ma caméra. La serveuse m'indique que ce restaurant est réservé au personnel d'une entreprise et que, par conséquent, je ne peux pas rester pour le repas de midi. Au même moment, des employés sortent du restaurant et observent mon vélo ainsi que la pancarte installée à l'avant. J'appelle ça mon aimant, j'y ai inscrit les grandes lignes de mon projet, d'où je suis parti et où je vais. Comme une clé, cette pancarte invite à la rencontre, ouvre le champ des possibles et des rencontres. Celui qui semble être le chef du groupe entre de nouveau dans le restaurant et s'adresse énergiquement à la serveuse : « Il peut rester ! Qu'il mange tout ce dont il a besoin. Il peut boire et charger ses appareils, c'est offert ! Il faut être solidaire avec les cyclistes voyageurs. » La discussion s'engage. L'une des personnes a un ami qui s'apprête à se lancer dans une aventure similaire. Une dame du groupe m'offre deux bananes, une tourte de Linz, un rouleau à la cannelle. On me sert la pizza de mon choix, une boisson et un café. Le personnel est aux petits soins. L'une des cuisinières vient vers moi, elle est polonaise et est ravie d'apprendre que je vais traverser son pays. Je repars repu, chargé pour la journée.

La frontière autrichienne apparaît subitement sur mon chemin au milieu d'une réserve naturelle. Je passe un pont entre deux étangs, et me voilà en Autriche ! La région du Vorarlberg s'offre à moi. À la montée, mon genou ne va pas mieux, au contraire, la douleur s'intensifie.

Je fais abstraction de la douleur durant 50 kilomètres. À Bludenz, je décide d'interrompre mon étape afin de ne pas empirer les choses. Il est temps que je me repose et me soigne si je veux mener à bien mon aventure. Je monte dans le train pour rejoindre St. Anton am Alberg, où mon amie va me rejoindre. Cela fait une semaine que nous sommes séparés, et nous sommes heureux de nous revoir. Nous visitons la station et préparons nos affaires pour repartir dès le lendemain matin, car elle va m'accompagner jusqu'à Innsbruck, soit un périple de près de 110 kilomètres.

Dans la matinée, nous profitons du confort de l'hôtel, la neige qui tombe ne nous encourage pas vraiment à sortir, et nous ne sommes pas pressés d'affronter l'hiver du Vorarlberg autrichien. Avant midi, nous décidons néanmoins de partir, malgré une météo maussade et mes douleurs au genou. Nous chargeons nos vélos et prenons la route en direction d'Innsbruck, il neige toujours. La route descend et, rapidement, la neige laisse place à la pluie. Nous sillonnons une vallée boisée, le brouillard s'accroche aux cimes des arbres, l'ambiance est hivernale. Malgré de légères montées, je n'ai pas besoin de trop forcer sur les pédales pour avancer, je peux ainsi préserver mon genou. Le début du périple se fait dans un décor bucolique de pâturages et de forêts, puis nous nous retrouvons rapidement sur une route principale traversant des zones industrielles peu accueillantes. Après 55 kilomètres, la traversée d'un pont nous mène dans une forêt qui semble idéale pour placer notre bivouac du jour. Juste à côté, à la sortie de la forêt, il y a un terrain de foot où se joue un match. Nous prenons un thé chaud à la buvette et demandons où nous pourrions poser notre tente. Visiblement empruntée, la préposée nous suggère le bois juste à côté, car personne ne nous dérangera. Nous installons notre bivouac à l'abri sur une mousse de sous-bois.

Nous cuisinons un taboulé agrémenté d'épinards et de jambon, ce plat nous requinque et nous fait beaucoup de bien. Emmitouflés dans nos sacs de couchage, nous sommes bien. Nous adorons ces moments de partage. Je lui confie les appréhensions liées à mon genou, je ne suis pas rassuré et je crains que cette blessure ne m'oblige à stopper mon aventure. Cette pensée, omniprésente, me rend un peu nerveux. Ma compagne n'est pas inquiète. Elle sait me rassurer et trouve les bons mots qui me permettent de bien dormir. Le silence de la nuit n'est rompu que par les gouttes de pluie s'écrasant sur la toile de tente.

L'étape jusqu'à Innsbruck sera longue, près de 60 kilomètres face au vent. Nous croisons Siegfried, un cycliste du coin qui effectue sa sortie dominicale, il nous accompagne tout en s'improvisant guide sur près de 15 kilomètres, un plaisir. Il énumère les montagnes alentour, les noms des vallées et nous encourage tout en nous indiquant le chemin à suivre. Il nous quitte à Inzing juste avant notre objectif du jour. Les derniers kilomètres sont longs et pénibles. La fatigue se fait sentir. Nos corps sont en souffrance, et le vent ne faiblit pas. Comme mon amie reprend le train tôt le lendemain matin, nous choisissons de prendre un hôtel non loin de la gare. Nous profitons du confort de l'hôtel, visitons la vieille ville qui reflète une Autriche authentique et historique.

Le lendemain, nous sommes très matinaux, l'air est frais, le soleil, éblouissant. Main dans la main nous déambulons dans la gare d'Innsbruck, il nous est difficile de nous séparer. L'un et l'autre savons que cette fois nous n'allons pas nous revoir avant la mi-mai. Après une longue étreinte sur le quai, c'est la boule au ventre que je regarde le train s'éloigner. Cette fois je suis seul. Je dois m'y faire, c'est sans doute là que mon aventure commence vraiment. Je sens que je dois me laisser emporter par ce voyage, entreprendre ma mue.

Une mue mentale, tout d'abord. Il s'agit de me libérer de toute obligation de performance vis-à-vis de moi-même ou des autres. J'ai affiché un objectif, mais seul le chemin prime, et seule mon expérience doit être au centre de mes préoccupations. Il me faut lâcher prise, entrer dans ma bulle.

La mue physique est, semble-t-il, plus difficile que prévu. J'ai parcouru plus de 500 kilomètres depuis mon départ. Je m'étais promis de ne pas dépasser 50 kilomètres par jour afin de laisser mon corps s'habituer à l'effort. Souvent, l'étape s'est rallongée pour trouver un endroit où dormir. Mon amie, qui est chiropraticienne, a fait tout son possible pour soigner ma douleur au genou, mais elle n'a pas pu accomplir de miracle. La douleur est moins intense, mais reste présente à chaque coup de pédale. Elle s'ajoute au mal de fesses, certes supportable, mais néanmoins permanent. On dit qu'il faut 1 000 kilomètres pour former la selle Brooks en cuir que j'ai acquise, la moitié est faite. Ma nuque me fait également souffrir au niveau du trapèze, comme si je n'arrivai plus à porter ma tête. J'ai pourtant un vélo de voyage confortable avec une position verticale qui ne devrait pas trop solliciter ma nuque. J'imagine qu'il me faudra également un peu de temps pour m'adapter. La patience est d'or, ma mue physique fait son chemin. Mais ce n'est pas qu'une transformation physique, il s'agit également de se muer en vagabond, de prendre de nouvelles habitudes, de nouveaux repères, créer des automatismes, entrer dans la routine du voyageur, non seulement en ce qui concerne la gestion de l'effort, mais également celle de mon vélo, de mes sacoches, de mon matériel et l'organisation de mes bivouacs. Et n'oublions pas la gestion mentale, plus complexe. Comme de nombreuses personnes, je suis habitué à une vie active, des horaires, des objectifs et un rythme effréné qui remplit mes journées. Désormais, non seulement j'ai le temps, mais je dois aussi le prendre. Ici, pas d'obligations, pas d'horaires, aucune contrainte ni aucun objectif. Je dois apprendre à devenir le vagabond, l'inconnu qui passe son chemin anonymement avec son vélo. Il est impératif de lâcher, de couper le contact avec ceux qui ne sont pas partis. Je vais diminuer mon activité sur mon téléphone portable, car ces sollicitations, bien qu'agréables et rassurantes, sont des bifurcations possibles pour sortir de mon voyage, du moment présent et de mon errance.

Le train de retour de mon amie s'éloigne, je me retrouve sur le quai de la gare avec mes questions, je tergiverse, je réfléchis, j'hésite. Je me résous à écouter mon corps, à prendre le temps de me soigner, un peu de repos. Je monte donc dans le train pour rejoindre Salzbourg, une décision difficile. Le Tyrol défile à travers les fenêtres du wagon, j'ai l'impression de tricher avec moi-même, alors que je n'essaye que de me soulager quelque peu. D'autre part, je n'ai rien à prouver ni à démontrer, c'est mon voyage et j'en fais ce que je veux. Arrivé à destination, je m'installe pour deux jours dans une auberge de jeunesse non loin de la gare, propre, calme et idéalement située pour visiter la ville. Je roule le long de la rivière Salzach, les badauds sont presque les pieds dans la rivière, ça sent bon le printemps, la vue sur les châteaux, le couvent des Capucins et les remparts de la ville est magnifique. Je m'engouffre dans les ruelles, visite la Domplatz, Griesgasse, puis flâne et termine par la visite de la maison où Mozart est né en 1880. Je m'applique à reposer mon genou qui me fait toujours mal. Deux séances de stretching quotidiennes, massages, magnésium. Et un jour de repos supplémentaire pour mettre toutes les chances de mon côté.

13 avril 2023

Il était temps que je reparte ! Fini de ronger mon frein, il me faut cheminer, c'est mon mantra, avancer et pédaler. Alors ce jeudi matin, après un bon petit déjeuner, je prépare mes affaires et fixe mes sacoches sur mon vélo pour repartir enfin. Il tombe une petite pluie fine, mais ma motivation est inébranlable. Au sortir de la ville, la circulation est dense, les pistes cyclables sont parfois aléatoires. Je ne traîne pas et me retrouve rapidement sur des chemins de campagne. La pluie redouble d'intensité, mais rien ne peut m'arrêter, même mon genou. Ce dernier va mieux, ces trois jours de repos lui ont été salutaires. Mais je reste prudent et ne force pas trop sur les pédales, je veille à bien mouliner pour me soulager. Vers midi, je trouve refuge dans un EMS/EPAD, j'y fais le plein d'eau et mange mon repas de vagabond bien au chaud. Durant l'après-midi, je roule encore quelques kilomètres avant de commencer à chercher un lieu pour poser ma tente, alors que la pluie ne faiblit pas. Je m'arrête vers une ferme en bordure de route, j'appelle, puis crie, mais personne ne semble m'entendre, pourtant il y a du bétail et une voiture. J'en profite pour m'abriter, car c'est le déluge, puis je repars bredouille, sous une pluie battante. Je roule 500 mètres jusqu'à une autre ferme, cette fois un homme sort, puis sa femme, tous deux s'expriment dans une langue que je ne reconnais pas. Je fais des efforts pour me faire comprendre en allemand et demande s'il y a une place pour monter ma tente, mais dans un allemand à peine compréhensible, ils me suggèrent d'aller à l'hôtel du village. Détrempé, je repars et, après dix minutes, j'aperçois un homme qui bricole autour de sa maison ; même résultat ! Je quitte ce hameau, déçu par l'humanité et des Autrichiens. Le GPS me mène sur un chemin forestier, humide et sombre. J'espère trouver un refuge, une cabane en bois, un abri de chasseur, mais rien ! Par chance, ça descend presque tout le temps. À la sortie du bois, j'arrive avec soulagement vers la petite ville de Frankenmarkt. Arrivé dans la rue centrale, je repère un hôtel, mais je ne me l'autorise pas pour ce soir. Puis je m'approche de l'église, c'est bien la maison de Dieu, il devrait m'aider, lui. Alors je tourne et m'enfile dans une petite ruelle qui me rapproche de cette dernière. C'est un chemin sans issue, j'opère donc un demi-tour. Au même moment, deux messieurs sortent d'une maison villageoise, un jeune et une personne bien plus âgée. Je m'adresse à eux en expliquant une fois encore que je cherche un endroit sûr pour y planter ma tente. Ils se regardent, puis jettent un œil sur le terrain alentour, le jeune semble dire que je pourrais m'installer ici. Puis l'ancien, en me regardant dans les yeux me lance d'une voix fébrile ces paroles : « Si vous avez un euro, vous pouvez dormir chez moi », il ajoutera : « car il n'y a rien de gratuit » ; je ne peux refuser cette offre, le jeune acquiesce et me serre la main avant de partir. Je me retrouve avec Gustave, un nonagénaire incroyable et ouvert à l'étranger, il s'empresse de me faire entrer chez lui avec mon vélo. « Il sera en sécurité ici », me dit-il. Je décroche mes sacoches et rentre tout mon barda à l'intérieur. Tout est trempé, moi le premier. « Pas de soucis, ma maison n'est pas élégante », alors je m'exécute et le suis au premier étage. Je reste coi, son appartement semble s'être figé dans les années quarante, sa cuisine est spartiate, mais fonctionnelle, un évier en céramique cassé, entouré de faïence jaune usée, à côté de l'évier une vieille cafetière à filtre ébréchée orange, un vieux fourneau électrique, au fond gît un frigidaire sur lequel est posée une trancheuse électrique. Au centre, une table à manger dont on distingue à peine la toile cirée à fleurs couverte de vieux journaux, de courrier et pas uniquement celui du jour, la commande de la télévision, un biscuit de Pâques, des magazines, une tasse sale et des lunettes de lecture. Les murs portent les stigmates du temps qui passe, quelques photos, un calendrier échu depuis plus d'une décennie, une horloge figée à 11 h 55, une toile de Gustave, un diplôme d'honneur et quelques photos de famille. Au sol, un linoléum bon marché est témoin d'une vie chichement menée et de ses habitudes de déplacement. Gustave m'installe à la table à manger et me demande si je veux une bonne soupe ; après cinq heures dans le froid et sous la pluie, j'accepte volontiers. Gustave se met donc à cuisiner, ses gestes sont lents, mais précis, il me propose une soupe en sachet, coupe quelques tranches de pain qu'il frit dans la poêle et qu'il dépose sur une assiette, accompagné de tranches de salami ; quelques biscuits qui traînent sur la table compléteront ce repas. On discute, il me questionne et s'intéresse à ce que je fais, pourquoi, les raisons qui motivent ce voyage. Je lui réponds et le questionne à mon tour. La fin d'après-midi disparaît sans que nous nous en apercevions. Gustave est un artiste, il est peintre, sa maison est envahie de tableaux et son salon ressemble davantage à un atelier qu'à un salon traditionnel, les toiles sont posées à même le sol entre un fauteuil à bascule et une chaise en métal qu'il utilise pour regarder la télévision. D'autres toiles et dessins sont appuyés contre les murs. Des tapis tissés recouvrent le parquet. On parle des nouvelles du monde, de la guerre, des coûts qui augmentent et de tous les sujets d'actualité. Gustave est philosophe et me répète souvent « tout est normal, c'est normal et tout le monde a raison, chacun a sa propre raison et vision ».

Après nos échanges, Gustave me montre la salle de bains tout en essayant de ranger un peu, mais il y a du linge partout ; « il est propre » me dit-il. Il allume un chauffage électrique d'appoint pour faire sécher mes affaires et me propose de me doucher, « j'espère qu'il reste de l'eau chaude dans le boiler », il sort un linge propre et repart en cuisine. Je lui dis que je vais aller me doucher, et Gustave de rétorquer, « plus tard, avant d'aller au lit, c'est mieux, mais c'est comme vous voulez ». Il prend parfois un air très directif et sérieux avant de tendre un grand sourire pour valider que c'était de l'humour. Puis il m'installe au salon sur sa chaise à bascule, devant le chauffage d'appoint, j'ai bien chaud. Il repart en cuisine, je l'entends s'affairer et préparer le repas. Il revient avec une assiette. « Il faut prendre des forces » et me la tend, il m'a préparé des œufs brouillés avec des oignons et des lardons, accompagnés de cerises qui baignent dans leur sirop. « Tu peux ajouter du sucre. » Sur le moment je ne savais pas de quoi il s'agissait, mais, après avoir goûté, c'était très bon. Gustave regarde la télévision et me propose une émission sur Hitler. Je ne refuse pas et regarde le programme avec intérêt. J'apprends que durant les années précédant la guerre, pour s'assurer que les jeunes femmes allemandes faisaient suffisamment d'enfants et afin de les encourager, il offrait à ces dernières une *Mutterkreuz* (croix de maman). Je questionne Gustave et lui fais part de mon étonnement à ce sujet, il me confirme que les femmes recevaient cette croix aux conditions suivantes.

Les parents des enfants étaient « de sang allemand » et « digne d'hériter ». La mère était digne de la distinction (c'est-à-dire « héréditairement saine », « décente » et « moralement irréprochable »), les enfants étaient nés vivants (source Wikipedia) et, dès le quatrième ou cinquième enfant, une croix de bronze, pour les sixième et septième une croix d'argent, et dès huit enfants la croix était en or. Je continue à regarder l'émission alors que Gustave fouille dans une armoire du salon. Il semble chercher quelque chose. Puis je le vois se retourner et me présenter la *Mutterkreuz* de sa maman. Il me la tend et je peux y lire « 6 septembre 1939, signé Adolf Hitler », je n'en crois pas mes yeux. Il ajoutera qu'il a vu deux fois le führer de ses propres yeux !

Je ne tarde pas pour aller me coucher et prends congé de mon hôte, qui fixe l'heure du petit déjeuner à 8 heures. Une fois couché, je noircis mon journal quotidien et me perds dans la lecture de Sylvain Tesson. Au petit matin, encore couché dans mon lit, j'observe à travers la fenêtre la neige qui tombe ! Je ne pensais pas en voir ici, nous ne sommes qu'à 450 mètres d'altitude, mais il neige. Cependant, ma motivation reste intacte. Je me lève, vaillant. Gustave m'attend avec le café, qu'il prépare avec beaucoup d'attention. Il est convaincu que son café est excellent, à voir l'âge et l'état de sa cafetière à filtre, il a dû en faire, des cafés, avec cette dernière. À travers les carreaux de la fenêtre de la cuisine, je regarde la neige tomber. Avant d'affronter cette météo, j'apprécie le café qui m'est servi. Sur la table sont dressés assiettes, petits pains, beurre, miel autrichien et confiture maison. Une recette que sa mère lui a transmise. Je prends congé de Gustave. Discrètement, je prends une photo de son adresse, que je repère sur une enveloppe qui traîne sur la table de la cuisine. Je me promets de lui envoyer un courrier une fois mon aventure terminée. Merci pour ce moment, pour cette leçon d'hospitalité, en particulier lorsqu'on a cet âge. Merci Gustave.

14 avril 2023

C'est sous la neige et un froid mordant que je reprends ma route, mon objectif est d'atteindre Wels, soit une étape de 60 kilomètres, les conditions sont hivernales. Je perds au fur et à mesure du chemin parcouru de l'altitude, alors la neige se transforme en pluie, ce qui ne rend pas la vie du cycliste plus facile. À la mi-journée, je me dois de faire halte dans un café, non seulement pour y manger, mais aussi pour me réchauffer. J'ai les mains et les pieds gelés, j'y traîne presque deux heures. Une pause bien agréable, c'est l'occasion également de lire, d'écrire et de charger mon portable, l'accueil y est très aimable. De nouveau sur mon vélo, les kilomètres défilent et me mènent à Wels.

Le lendemain, je reprends mon itinérance, encore une fois sous la pluie, mais mon étape est courte. J'ai rendez-vous chez Michaela et Herbert, ma première expérience avec la communauté *Warmshowers*[3]. L'approche de Linz n'est pas agréable. Il pleut et, comme souvent à l'approche des villes, il faut traverser toute la périphérie. Une belle rencontre pour cette première expérience avec la communauté Warmshowers : Michaela et Herbert ont pas mal voyagé, en particulier elle, qui a fait plusieurs périples à vélo, dont un de quatre mois dans les Balkans, une aventure de plus de 4 000 kilomètres. Ils habitent un petit appartement proche du centre. C'est Herbert qui vient à ma rencontre et qui m'aide à transporter mes six bagages. Je

3 Il s'agit d'un site de personnes qui voyagent à vélo et qui soit hébergent des gens, soit vont chez des gens pour dormir lors de leur voyage en deux-roues, c'est l'équivalent du *couchsurfing*, mais pour les cyclistes voyageurs.

m'installe et je suis surpris, car il semble qu'ils m'attribuent leur chambre à coucher, avant que j'apprenne qu'ils ont deux appartements dans le même bâtiment. Michaela me sert une soupe à la banane, voilà une première pour moi. C'est très bon et ça me fait grand bien. Nous discutons de nos voyages réciproques, échangeons et passons une très bonne soirée. Le dimanche matin, je retrouve Michaela, elle me prodigue de bons conseils pour la suite de mon périple le long du Danube. Avant de repartir, elle m'offre un gilet de sécurité qui me sera très utile pendant tout le voyage. Je repars sous la pluie, dans une ville quelque peu bloquée par le tracé du marathon de Linz. Je me retrouve à accompagner sur quelques centaines de mètres des coureurs. Puis mon chemin me mène dans la zone industrielle, peu accueillante. Il me tarde de retrouver les bords du Danube, plus calmes et paisibles. Je n'aurais même pas eu l'occasion de manger une tourte de Linz à Linz, un comble ! À la sortie de la ville, je traverse un grand pont et je fais ma première rencontre avec le Danube. Nous allons devoir nous entendre. Je vais parcourir plus de 150 kilomètres à ses côtés, ce n'est que peu de chemin au regard du périple que j'entreprends. L'arrivée au bord du Danube marque la fin de ma longue glissade depuis les Alpes, les sommets enneigés ont disparu pour faire place à cette vallée fluviale. Les eaux du Danube sont très élevées en ce mois d'avril, et l'eau emportant la terre de ses rives n'est pas comme à son habitude bleue, mais brune. Je caresse donc le Danube sur une piste cyclable magnifique. En ces jours de pluie, je dois slalomer entre les vers de terre, qui eux aussi ont choisi la piste cyclable. Je vais être accompagné de ces eaux durant les jours à venir, jusqu'à Vienne, où je quitterai la vallée du Danube pour prendre en direction du nord et de la Slovaquie.

J'avance, entre chemins et pistes cyclables, jusqu'à Grein, un joli village sur la route de Vienne. Entre deux averses, le soleil semble offrir un échantillon de printemps. Je prends place sur un banc à l'entrée du village. C'est dimanche, les gens se promènent sur le quai, les familles se précipitent chez le vendeur de glaces, d'autres font quelques pas avec les aînés, promènent leur chien, un couple d'un certain âge se parque sur la place pour personnes handicapées sans pour autant sembler lui-même diminué. Certains sortent du café pour fumer une cigarette, des enfants jouent et courent dans tous les sens. Un tableau banal, pour ne pas dire médiocre à mes yeux. Ce jugement est sans doute le fruit de ma solitude, de l'ennui ; les miens me manquent. J'ai connu des bancs plus évoquateurs. En fin d'après-midi, je trouve une place au camping. Il est fermé, le gérant l'a tout de même ouvert pour moi et quémandé 17 euros. J'ai le plaisir d'une douche chaude.

Le lendemain, je reprends la route, la pluie tombe légèrement, sous les bois ça sent l'humus, parfois un parfum d'ail des ours embaume les chemins du Danube. C'est calme, je n'entends que le cliquetis de mon dérailleur. Ma progression silencieuse surprend les canards et les cormorans, qui s'enfuient à mon passage. Parfois c'est une biche, un lapin et, ce matin, un pic-bois avec ses plumes colorées. Mes observations me mènent gentiment jusqu'à Ybbs an der Donau, joli village médiéval. En traversant le village, je découvre le Musée du vélo et j'en profite pour le visiter. Ma motivation et le vent arrière me poussent jusqu'à Krems où je trouve un camping sympa, propre et accueillant, mais bruyant. Je peine à partir le matin, la longue étape de la veille pèse sur mes jambes. Je ne suis pas pressé. Il est 11 heures lorsque je reprends mon vélo. Le Danube m'attend et m'accompagne encore pour cette journée. Je ne croise que très peu de monde. Ma progression est lente aujourd'hui, l'observation des castors ne vient pas améliorer ma moyenne, ils sont farouches et plongent dès qu'ils me voient. Cependant, je suis le témoin de leurs travaux tout le long des rives du fleuve, les arbres sont rongés et il n'en reste presque plus aux abords du Danube. Je fais une pause-café au premier restaurant ouvert sur ma route, j'ai parcouru près de 28 kilomètres, le café est un luxe sur ce tronçon du parcours. Mais je ne tarde pas, mon esprit me souffle le conseil suivant : « Lorsque tu as le vent dans le dos, ne perds pas ton temps au bistrot. »

Vagabonder le long des rives du Danube est très agréable, c'est plat, et les pistes cyclables sont très bien entretenues, régulièrement on y trouve des bornes de réparation pour vélo. La nature est calme et paisible, en avril, cet itinéraire est peu fréquenté. Les péniches descendent et remontent le fleuve et je me surprends à faire la course avec certaines d'entre elles.

La traversée de l'Autriche se déroule comme un rite initiatique imposé par dame Nature. En effet, après un début joyeux et une traversée de Suisse relativement rapide, il me semble que les vents contraires se multiplient, la pluie abondante (treize jours de précipitations sur les seize premiers), la neige, la bise, le froid, la douleur et l'apprentissage de la solitude depuis le départ de mon amie. C'est le test de la résilience, de la patience et de l'abnégation. Il faut résister. Le moral est au beau fixe et la motivation ne baisse pas, malgré la pluie, qui devient comme un adversaire. Tôt ou tard l'un ou l'autre devra jeter l'éponge, abdiquer. L'adversité est source de motivation, elle me transcende. J'ai l'esprit de compétition et je n'ai aucunement l'intention de laisser la pluie interrompre mon voyage.

18 avril 2023

En quittant le bord du Danube, je prends enfin la direction du nord. Aux abords de Vienne, que je désire éviter, je bifurque et m'oriente vers la Slovaquie. Sous des trombes d'eau, je trouve une petite auberge dans un village, fréquentée par des ouvriers. Avec ces conditions météorologiques, une nuit au sec n'a pas de prix. Le repas du soir est copieux, adapté aux travailleurs comme au cycliste. Au réveil, il pleut toujours à verse. Je prends néanmoins la route, je suis bien équipé, les conseils de Seb (Alpi'trail) ont été précieux. Après une quinzaine de kilomètres, je me mets en quête d'un endroit pour boire le café, mais rien, pas l'ombre d'un établissement pour me réchauffer, me sécher. Désespéré, juste avant la sortie d'un village, j'aborde deux hommes affairés à l'entrée de la maison des pompiers. Ils m'invitent dans la caserne, m'offrent deux cafés bien chauds et des boissons. Je prends le temps de faire sécher mes habits pendant que nous discutons, ils sont très curieux de mon voyage et ont de la peine à comprendre pourquoi je l'entreprends, seul de surcroît. Je repars de bonne humeur, heureux de cette chaleureuse rencontre. Dans l'après-midi, je m'approche de la frontière slovaque. Au village de Marchegg, là où je voulais traverser la rivière Morava avec un ferry, j'apprends que ce dernier ne fonctionne pas en raison des crues, les berges sont en effet inondées. Ce contretemps me vaut un détour de 12 kilomètres ! J'entre en Slovaquie par un pont pour cyclistes et piétons situé au milieu d'une réserve naturelle. Je laisse derrière moi un pays magnifique qui m'aura offert de belles rencontres, le calme des rives du Danube et surtout une pluie incessante, qui s'invite en Slovaquie.

9 - LA SLOVAQUIE

« Nos peurs et appréhensions sont souvent le fruit de notre imagination. »

Patrick Sumi

Me voilà en Slovaquie, pays qui m'est totalement inconnu, où est parlée une langue que je ne comprends pas. Je vais sillonner la partie nord-ouest de ce pays, incluant la région des Carpates, que je vais traverser pour rejoindre la Pologne. La pluie a enfin cessé, je traverse une campagne vallonnée et verdoyante. J'ai parcouru un peu moins de 100 kilomètres, et la fatigue se fait sentir. C'est le troisième village dans lequel je cherche une solution pour dormir, je ne suis pas motivé par une nuit en camping sauvage. Désespéré, je fais halte dans un supermarché en prévision d'une nuit de bivouac humide, j'achète de quoi manger et je fais le plein d'eau. Sorti de la supérette du village de Rohožnik, je m'expose volontairement devant ce dernier, les gens me regardent tantôt avec curiosité, tantôt avec stupéfaction, parfois avec mépris ou détachement, je suis le vagabond dont on s'en méfie. Un homme s'approche et me questionne. Bien qu'il nous soit difficile de communiquer, je sens qu'il veut m'aider, il cherche un interprète, mais personne ne répond. Soudain, un jeune père de famille, voyant mon vélo chargé, mon drapeau suisse ainsi que la pancarte avec mon parcours, s'approche de moi et me questionne sur mon périple. Je lui explique mon désarroi quant à la recherche d'un lieu où dormir. Ce jeune semble s'intéresser à mon voyage malgré sa famille qui attend dans la voiture. Il passe un appel téléphonique, puis revient : « Tu peux aller dans l'appartement de mes parents, ils le louent, mais il n'est pas occupé en ce moment. C'est très rudimentaire et un peu en désordre, mais c'est gratuit. Tu es d'accord ? » Et comment ! Je galère tellement. Je le suis jusqu'à un petit HLM. J'entre jusqu'à la chambre à coucher avec mon vélo, ses parents sont là. Très gentils, ils terminent de nettoyer, ranger, puis me laissent en me remettant la clé. Monsieur reviendra demain matin pour la récupérer. C'est une aubaine : alors que j'étais désespéré, me voilà dans un appartement tout confort. Je peux même utiliser la cuisine et la salle de bains. La nuit me redonnera la motivation pour repartir.

21 avril 2023

Il fait enfin beau, il est 9 h 30 lorsque le père de Vojto sonne à la porte, je l'attends, mes affaires prêtes pour reprendre la route. Il nous est difficile de communiquer, mais je comprends qu'il m'invite à boire le café chez lui. J'étais bien décidé à rouler, mais cette générosité me touche. Je ne peux refuser, c'est la magie du voyage. Il habite non loin, dans une jolie maison. Un grand portail métallique s'ouvre, et je parque mon vélo dans la cour, le gazon est tondu, la maison, bien tenue. Il me prépare le café, et son épouse insiste pour me faire une omelette. J'ai déjà mangé, mais accepte, le vagabond a besoin d'énergie. Leur fille Erika prendra un moment pour traduire nos propos, son charme ajoute une touche à ce moment de partage. C'est encore un moment fort, la générosité de ces gens, leur bienveillance et leur hospitalité m'émeuvent. Je suis encore très sensible à ces moments d'humanité, de partage et de bienveillance. Je me sens encore fragile, mes émotions sont à fleur de peau, il en faut peu pour que mes larmes coulent lorsque je suis face à la bonté de mes hôtes.

Avant de nous quitter, Erika me demande si j'ai peur. « De quoi ? », dis-je ? « Des gens. » Je réponds simplement : « Vous n'êtes pas dangereux », elle rigole et confirme. Les seules choses à craindre en Slovaquie, ce sont l'absence de piste cyclable et les nids-de-poule, ces derniers sont sournois et peuvent vous surprendre à tout moment. Je roule jusqu'à Nové Mesto nad Váhom (il fallait que je l'écrive, ça ne s'invente pas !).

Le lendemain, le beau temps m'invite à boire le café sur une terrasse ensoleillée. Je n'ai pas choisi la plus attractive de la ville, mais j'y suis bien. Il est 10 heures du matin, et les clients présents ne semblent pas très occupés, peut-être profitent-ils de la vie. Un couple engloutit deux chopes durant ma présence. Un autre homme, chancelant, commande son breuvage, sa dose d'alcool fort. La tenancière assure le service derrière une vitre avec un petit trou afin de glisser les commandes aux clients. Elle craint sans doute que ses clients trop bien habitués se jettent sur ses bouteilles. L'homme retourne à sa table, ce n'est pas son premier verre, il remet ça accompagné d'une cigarette, ça manquait au tableau. Plongé dans sa routine journalière, il me regarde. Mais son regard vide ne dit rien, il est livide, on dirait qu'il n'attend que la fin, il y va, c'est certain. Un jeune s'éloigne tout au fond de la terrasse avec sa chope. Ça sent la misère, le naufrage social. Un autre, bien habillé avec sa chemise à carreaux et sa veste en cuir, bien rasé, les cheveux grisonnants, semble trier sa paperasse, il épluche son courrier, fait tourner les pages en attaquant sa deuxième chope, ça fait déjà un litre, il n'est pas 11 heures. Ici les chimères d'un monde meilleur sont déjà passées, l'espoir a disparu, alors on attend derrière son verre.

Comment notre société a-t-elle pu laisser tous ces gens sur le côté ? Pourquoi ces personnes ne profitent pas de la vie et de cette belle journée ? Sommes-nous tous égaux face au défi de la vie, avons-nous tous les mêmes armes pour survivre ? Toute cette scène sous le son de la radio qui nous passe un magnifique Queen chantant *Who wants to live forever ?* [4] Dans ces conditions, pas certain que « pour toujours » soit possible.

Cette vision matinale me rappelle l'un de mes collaborateurs qui, engoncé dans ses problèmes d'alcoolémie, n'a jamais pu ni voulu s'en défaire. J'ai pourtant essayé de lui tendre la perche et de l'alarmer sur sa situation. Mais son déni et son manque de volonté ne m'ont jamais permis de mettre quelque chose en place pour le sortir de cet enfer. Tout le monde le voyait, ses collaborateurs s'en plaignaient, mais lui ne voulait pas l'admettre.

Je file jusqu'à Žilina sous le soleil, il règne un air de printemps, et la campagne verdoyante est belle. À mon arrivée, je fais le choix d'un hôtel, j'en ai besoin. Une fois installé, je vais profiter d'une terrasse au soleil. Ça fait trois semaines que j'attends le printemps, alors j'abuse. Je dépose préalablement mon vélo dans un magasin de cycles, pour un petit service, les intempéries de ces derniers jours n'ont pas épargné mon dérailleur et ma chaîne. Je déambule dans la vieille ville de Žilina, mais comme trop souvent au-delà des jolis bâtiments, églises et places pavées c'est kebab, pizza et fast-food. Il faut s'encourager pour manger sainement. Je passe dans un magasin acheter des fruits.

Ce n'est pas tous les jours facile, j'ai encore de la peine à dormir en camping sauvage, alors je galère chaque soir pour trouver une pension à petit budget ou rencontrer la bonne âme qui m'offrira le gîte. Il me faut changer quelque chose, trouver un nouveau rythme, anticiper davantage ma recherche de lieux de bivouac et profiter de l'hébergement de la communauté Warmshowers, mieux prévoir la nourriture et l'eau. Ayant choisi

---

4 Qui veut vivre pour toujours ?

l'hôtel ce soir, je mange au restaurant et suis très surpris de voir des gens fumer – la cigarette est bien autorisée en Slovaquie ! À côté de moi, un jeune couple très tendance, elle trop blonde, trop maquillée, beaux bijoux et ongles apprêtés. Lui, c'est sans doute Hugo, car son nom est inscrit sur tous ses habits et chaussures. Ils sont tous les deux figés sur leur portable, il semble être intéressé par l'achat d'une voiture de luxe d'occasion et demande régulièrement l'avis de sa compagne qui semble, à ma grande surprise, très impliquée. Ils terminent le repas en discutant, tout n'est pas perdu. En face de moi, deux autres couples ne cessent de discuter, d'échanger, ça gesticule, la soirée a l'air joyeuse, et le partage, bien présent. Tous sont élégants, les dames sont très belles, vêtues de robe. Les messieurs, plutôt sport chic : chemise blanche et jean de marque. L'homme qui est en face de moi me fait « santé ! » en avançant son verre. Depuis sa place, il m'adresse la parole et me demande si je suis un athlète. La discussion s'engage, je me lève et m'approche d'eux, il semble s'interroger sur ma polaire avec le patch du Yukon Arctic Ultra et celui de l'association Out'Cha, il m'explique qu'il a participé au TorX, une course de trail dans le val d'Aoste. Puis il me demande ce que je fais là, je raconte mon périple, on échange encore quelques futilités ainsi que sur les sportifs slovaques, mais je ne veux pas trop les déranger durant leur repas et je prends congé de la tablée. Quelques minutes passent, je termine mon repas en sirotant avec plaisir mon verre de vin rouge local, puis ce même homme, Peter, se lève et s'approche de moi : « Tout ce que tu manges et bois ce soir sera pour moi, ce que tu fais est extraordinaire, tu es sur une longue aventure et il faut être solidaire, alors je t'offre le repas », je refuse, il insiste et j'abdique. Je n'aurai fait que trois soirées en Slovaquie, mais je ne peux que témoigner de l'accueil chaleureux qui m'a été offert et le louer. Demain je quitterai déjà ce pays pour rejoindre la Pologne.

30 avril 2023

La sortie de Žilina est un enfer, des travaux, qui coupent la ville en deux, je ne trouve pas de chemin sans ajouter trop de distance, je me résous à passer par le passage souterrain de la gare afin de regagner le côté nord de la ville et enfin reprendre mon itinéraire. Il n'y a pas de rampe pour vélos dans l'escalier, encore moins d'ascenseur, mon vélo pèse près de 50 kilos, bagages compris, alors ce genre de passage relève du défi. Sorti de la gare côté nord, je m'égare, j'opère un demi-tour et je consulte de nouveau mon téléphone pour obtenir des informations plus précises. Un véritable gymkhana dans les méandres de routes urbaines, je termine sur l'autoroute, je roule quelques centaines de mètres sur la bande d'arrêt d'urgence, je ne me sens pas en sécurité, les voitures me dépassent à plus de 100 kilomètres à l'heure. Après 500 mètres d'autoroute, je peux sortir et enfin retrouver un itinéraire pour cyclistes. Je gagne de la hauteur, les Carpates s'offrent à moi, je pédale sur une jolie piste cyclable qui longe un ruisseau. La frontière est à moins de 40 kilomètres, mais ça monte. Dans un petit village, j'aperçois un refuge en bois muni d'un panneau « café ». Sur la terrasse, un groupe de quatre hommes discutent la chope à la main, les bières sont accompagnées de vodka. Il est 11 heures, nous sommes samedi. L'un d'entre eux vient voir mon vélo et analyser mon parcours qui figure sur la carte devant mon guidon. Il appelle ses amis, et tout le monde termine autour de moi, la discussion est lancée. J'explique mon projet, ils sont curieux et admiratifs, mes histoires doivent leur donner soif, car ils commandent une nouvelle tournée. Pour moi, ce sera un café. L'un d'entre eux, Pavel, parle quelques mots d'anglais. La discussion se prolonge, toujours arrosée d'alcool. Nous nous montrons les photos de nos enfants. On m'offre de l'eau, puis vient le repas du jour, que la femme du tenancier m'offre généreusement :

poulet, purée de pommes de terre et haricots. Je fais honneur à cette offrande, mais il faut que je reparte, j'ai encore beaucoup de chemin et j'ai une réservation Warmshowers pour ce soir. Pavel, qui s'intéresse particulièrement à moi, me demande de le suivre chez lui, il aimerait me montrer son enfant. Il est fier, son petit a une année. Alors j'accepte et je le suis à vélo sur quelques tours de pédales. Il souhaite me présenter sa femme, la deuxième, précise-t-il. Cette dernière ne semble pas très ouverte à la rencontre et part promener le petit dans sa poussette. Je sens Pavel déçu. Il me sert un café en m'expliquant que sa première femme est morte et que sa nouvelle épouse est ukrainienne. Je ne sais pas vraiment ce qu'il voulait me faire comprendre pas ces propos, mais on se quitte par une bonne poignée de main et une embrassade, ses yeux brillent. Pavel est un retraité de la police, mais l'ennui et l'alcool semblent prendre beaucoup de place dans sa vie, ses yeux brillants et son intérêt pour mon périple me montrent qu'il rêve d'autre chose. Pour le moment, il semble bien trop occupé au bar avec ses copains. Bonne chance, Pavel, et merci pour ce moment de partage !

De nouveau sur mon destrier, mes pensées vont vers lui. Que lui manque-t-il pour vivre ses rêves ? Est-il heureux ? J'ai malheureusement ressenti beaucoup de mélancolie, voire de la tristesse chez lui. Il était si fier de me montrer sa femme, son bébé ainsi que sa belle maison quelque peu en désordre. Je crois qu'il désirait juste me montrer une autre image de lui. Ça n'a pas fonctionné.

Je reprends le chemin et j'attaque la montée du col, cette route me mène à travers les Carpates, une chaîne de montagnes de près de 1 700 kilomètres qui traverse l'Autriche, la Tchéquie, la Hongrie, la Slovaquie, la Pologne, la Serbie, la Roumanie et l'Ukraine. Elles offrent un territoire naturel et une biodiversité particulièrement diverse. Près de la totalité des eaux qui y coulent terminent dans la mer Noire.

Il fait chaud et le soleil tape en ce début d'après-midi. À l'approche du sommet, la route se fait plus étroite, les camions me frôlent, ce n'est pas très agréable. Je passe le col (situé à 700 mètres d'altitude) puis le petit village de Zwardoń, un hameau où l'on peut skier, à en juger par les remontées mécaniques. Je passe la frontière sans voir personne et j'entre en Pologne.

10 - LA POLOGNE

« Un peuple tiraillé entre deux croyances, l'une est millénaire, le catholicisme, et l'autre plus contemporaine, le capitalisme. »

Patrick Sumi

Je bascule au nord des Carpates, l'horizon vallonné et boisé laisse rapidement place aux vallées fluviales et à son agriculture principalement céréalière. J'entame une traversée sud-nord de près de 800 kilomètres entre la chaîne des Carpates et la mer Baltique. Je m'étais imaginé me laisser glisser jusqu'à Żywiec, première ville de mon parcours en Pologne, mais malheureusement ça ne cesse de monter et descendre, j'arrive fatigué chez Aleksandra, mon Warmshowers du jour. Très sympa, elle m'accueille dans la maison de ses parents qui sont eux aussi des voyageurs à vélo. Je m'installe au premier étage et bénéficie de l'appartement entier, ce dernier n'est pas chauffé, il fait donc cru et froid, même le lit semble humide. Mais la douche chaude accomplit son miracle. Le repas servi en famille réchauffe mon cœur. Nous passons une belle soirée, les parents d'Aleksandra me montrent les photos de leurs voyages à vélo, j'ai bien entendu droit au détail de leur passage en Suisse.

24 avril 2023

Après une bonne nuit reposante, je reprends ma monture et pédale jusqu'en enfer ! Aujourd'hui, je visite Auschwitz, il fait très beau, chaud et beaucoup de touristes sont présents. Cette cohue perturbe le moment de recueillement que j'avais imaginé. Après la visite, je décide de continuer en direction de Cracovie, mais à mi-parcours il commence à se faire tard et je dois trouver un lieu de bivouac. Je repère un homme jouant avec son fils dans son jardin, je m'arrête pour l'interpeller. Il semble ne pas vouloir que je dorme là, prétendant qu'au bord de la rivière ce serait trop humide, puis me parle de sa sœur qui habite sur les hauts du village, lui téléphone et revient avec une réponse positive. Il m'indique où se trouve la maison et je m'y rends sens tarder. Elle m'accueille avec de grands signes. Tout sourire, elle m'indique où placer ma tente, puis me propose d'utiliser la salle de bains pour une douche. Ça ne se refuse pas ! Son ami ou mari arrive plus tard, pas très content de ma présence. Dans la soirée, elle (je n'ai pas souvenir de son prénom) revient vers moi et me tend la clé de la maison en m'informant qu'il n'y aura personne le lendemain matin et que je peux de nouveau profiter de la salle de bains. Elle me demande de déposer la clé chez son frère avant mon départ. À mon réveil, je mange, je prépare un café, je range mon bivouac et charge mon vélo. Je profite encore de la maison pour me laver les dents et utiliser les toilettes. En me rendant à la salle de bains, je constate que tout est là, gisant comme si les personnes étaient présentes, au salon, l'ordinateur portable trône sur la table. C'est incroyable, cette confiance accordée ! Cet épisode, bref et d'une grande simplicité, éveille en moi des questions fondamentales : serais-je capable de faire confiance à un inconnu ? Confierais-je ma maison à un cycliste, vagabond et transpirant ? Saurais-je me montrer aussi généreux que cette femme ? Je quitte la maison, ferme la porte à clé et dépose cette dernière chez le frère, là où je l'ai interpellé hier. Je reprends mon destrier et mon itinéraire vallonné, j'atteins Cracovie à la mi-journée, une agréable piste cyclable me mène jusqu'au centre-ville, il fait grand beau, le ciel est bleu et la température, agréable. Je traverse le centre historique à vélo pour me poser sur la place centrale. J'appelle Hervé, un ami dont la femme, Monika, est originaire de cette ville. Elle me trouve un logement sur cette même place. Une aubaine qui me donne le temps de visiter agréablement la ville. Au petit matin, je prends le train sur quelques kilomètres pour sortir de la ville, la météo est pluvieuse et la température a chuté. Une journée difficile qui démarre, puis c'est mon GPS qui m'envoie dans des chemins de campagne, tantôt c'est du sable, tantôt c'est de la terre qui sous la pluie rend le chemin impraticable. Je dois pousser mon vélo, j'ai de la terre partout et cette dernière s'infiltre sous le garde-boue, je n'arrive plus à avancer, chaque pas est un effort, je pousse de toutes mes forces afin de sortir de cette galère, je dois parfois m'arrêter pour nettoyer et libérer le garde-boue pour que mes roues puissent tourner, et mon vélo, avancer. Mon moral est mis à rude épreuve, mes nerfs sont à bout ; je m'énerve contre moi-même, contre mon GPS, contre cette boue qui me freine. Je fais une halte, me calme, mange un morceau de chocolat et reprends gentiment mes esprits avant de continuer, toujours sous la pluie. Une fois sorti de ce bourbier, je reprends des chemins plus adéquats et, par chance, débouche sur une station de lavage automobile. J'y lave mon vélo, les sacoches et le cycliste. Je graisse mon dérailleur et ma chaîne avant de repartir. Cette journée fut l'une des pires de mon périple, j'ai bien failli craquer !

26 avril 2023

Il fait beau et ce n'est pas désagréable. J'enfile un short, c'est assez rare pour le souligner, mais je me rends vite compte que c'est trop ambitieux, je dois ressortir le pantalon. J'avale 86 kilomètres jusqu'au lac de Zalew Domaniowski à l'ouest de la ville de Radom, j'y ai repéré deux campings, ce qui me rassure, mais tous deux sont fermés, la saison n'a pas encore commencé. Un ouvrier affairé à des travaux d'entretien ne souhaite pas que je reste là, le camping est fermé, me dit-il. Je repars, des maisons individuelles bordent le lac, vraisemblablement des maisons de vacances, désertes en cette période de l'année. Ma journée s'achève au bout d'un chemin sans issue, caché dans les arbres à l'abri des regards. Je m'installe dans la forêt, peu rassuré, car j'aperçois des empreintes au sol et des mottes de terre arrachées, on dirait des traces de sangliers. Je protège les alentours de mon bivouac avec des branches et m'installe. Je me barricade dans ma tente, je mange et m'endors sans demander mon reste, la nuit est calme, et c'est la chaleur du soleil levant sur ma tente qui me réveille. Je chauffe de l'eau pour mon muesli et me prépare un bon café avant de repartir pour une journée de forçat. Après plus de 80 kilomètres, je débarque chez Katalina et Greg, mes Warmshowers du jour. Ils viennent de s'inscrire sur la plateforme, je suis le premier cycliste qu'ils accueillent et j'espère faire bonne impression. Ils habitent dans une jolie maison dans la périphérie de Varsovie, l'un de ces nouveaux quartiers de pavillons qui se multiplient. Katalina a entrepris il y a quelques années une traversée de l'Europe à vélo, elle est partie seule de Barcelone et a pédalé jusqu'à Istanbul. D'origine polonaise, elle a grandi au Canada et parle plusieurs langues. Elle a travaillé pour des ONG dans différents pays à travers le monde.

Maintenant qu'elle s'est « sédentarisée », elle désire partager ce que la communauté des Warmshowers lui a donné. Elle, dans le marketing et lui, en transition professionnelle, sont indépendants, très orientés yoga, méditation et bien-être. C'est Katalina qui reçoit, elle est avenante et s'applique à m'accueillir. Greg est discret, je le sens sur la retenue. La maison est grande : le salon volumineux avec cheminée, la salle à manger ouverte sur le salon, deux salles de bains et trois chambres à coucher. Les derniers éléments d'intérieur doivent encore être finalisés, il manque des poignées aux portes et quelques meubles. Malgré la présence d'un canapé et d'un matelas dans le salon, ils me demandent de dormir sous ma tente dans le jardin. Alors je m'exécute, je sens que c'est Greg qui insiste, elle semble négocier ma présence en polonais. Je dors sous ma tente. Mais, au-delà de ça, j'ai été magnifiquement reçu, avec un bon repas mijoté et une soirée d'échange avec Katalina sur nos voyages, nos expériences et sur la vie en général. La soirée s'est achevée par un concert privé : elle s'est mise au piano pour jouer Chopin. Installé sur le fauteuil devant la cheminée, je savoure ce moment aussi magnifique qu'agréable. Puis je passe la nuit sous ma tente. Nous avons fixé le petit déjeuner à 9 heures. Réveillé depuis 7 heures du matin par la lumière intense du soleil levant, j'ai eu le temps de ranger mes affaires. Katalina entrouvre la porte d'entrée en me disant : « Nous sommes en mode méditation, mais je te fais vite un café. » Je m'installe, et les deux repartent faire du yoga. Cette expérience me laissera songeur. Bien que je ressente l'envie qu'ils ont de recevoir, de rencontrer et d'échanger, en particulier Katalina qui est plus ouverte, ils semblent ancrés dans leurs habitudes et leur routine quotidienne, même le passage désiré d'un vagabond cycliste ne semble pas pouvoir faire changer quelque chose. Les habitudes sont des repères qui rassurent les gens, des ancrages dans nos vies qui nous réconfortent. Elles sont parfois positives, mais elles peuvent également nous enfermer dans des schémas, des routines susceptibles de nous écarter de la spontanéité et de l'imprévu. Katalina et Greg me raccompagnent à vélo jusqu'à la gare non loin, je prends le train jusqu'au centre de Varsovie, les entrées et sorties de ville n'étant guère agréables.

Après cette expérience, j'ai rendez-vous chez Amélie et Olivier ; j'ai travaillé il y a plusieurs années avec elle chez Nestlé. Lorsqu'elle a pris connaissance de mon projet, elle m'a spontanément écrit pour me proposer de passer chez eux. Ils habitent dans le centre des affaires, dans un building d'appartements privés. À leur manière, ils sont également des vagabonds de la vie, des itinérants du travail, depuis plus de vingt ans, ils parcourent le monde pour des missions de travail au bénéfice de Nestlé. Après plusieurs années en Afrique, au Congo, au Kenya et en Afrique du Sud, Olivier se voit envoyé en Ukraine. Puis vient le pire : la guerre et ses sirènes d'alarme avertissant d'un probable bombardement. La peur, les doutes et les heures dans un bunker insalubre viendront à bout de leur patience. Amélie et leur petit d'une année profiteront d'une opération d'évacuation organisée par l'ambassade de Suisse pour rejoindre Varsovie quatre jours après le début de la guerre. Une opération qui a lieu de nuit, dans un champ tenu secret. Ils rejoignent Varsovie où ils sont logés provisoirement. Olivier reste en Ukraine, c'est une gestion de crise unique et humaine dans laquelle il met tout son cœur. Depuis, il fait des allers et retours entre la Pologne et l'Ukraine, cela lui permet de soutenir ses équipes restées en Ukraine tout en menant une vie de famille en sécurité à Varsovie. Je reconnais là l'esprit de famille que Nestlé est capable s'insuffler à ses employés. Cette situation me rappelle mes années passées dans cette entreprise,le sentiment d'appartenance ; j'ai également trouvé une forme de cocon, un noyau de gens avec qui je partageais les mêmes ambitions et rêves. On faisait partie de cette famille protectrice dans laquelle chacun peut se mouvoir et se développer, faire carrière. Un écosystème qui offre à tous ceux qui le désirent des possibilités de développement dans un cadre stimulant et sain. Mais, depuis quelques années, cet esprit s'érode. Le marché a changé. Lorsque j'ai débuté chez Nestlé, les gens se projetaient à long terme et restaient toute leur vie dans l'entreprise. Aujourd'hui, les plus jeunes désirent grimper les échelons plus rapidement. Le *next step* les démangent après une année et demie. S'il ne vient pas, ils partent. Bien entendu, la situation économique vient accélérer tout ça et met la pression sur ce jeu de dupes. Alors l'esprit protecteur de la grande famille Nestlé se dilue, se dissout en faveur du court terme, des résultats financiers et des économies que le marché impose.

Je suis accueilli comme un membre de la famille. C'est vendredi, Amélie se libère pour m'accompagner et me faire visiter la ville. Olivier termine sa journée de travail à domicile tout en s'occupant de ma lessive. Nous nous retrouvons en début de soirée pour l'apéritif, en attendant que la baby-sitter arrive. Nous prolongeons l'apéritif dans un bar branché qui produit des bières artisanales et terminons la soirée dans un magnifique restaurant, dans lequel je suis invité. Je dors comme un loir au quinzième étage avec vue sur la ville. Nous partageons encore le petit déjeuner avant qu'Olivier m'accompagne en voiture hors de la ville afin de m'éviter la partie urbaine. Une fois de plus, je suis témoin de ce que l'homme fait de mieux : l'hospitalité, l'accueil, le partage et la bienveillance, l'ouverture envers celui qui passe, qui vagabonde. Certes, je connaissais Amélie, mais je ne l'avais pas revue depuis près de dix ans et je ne connaissais pas Olivier. J'ai un grand respect pour ce qu'ils ont fait pour moi, je ne les remercierai jamais assez.

Reparti depuis peu, je vogue sur de magnifiques pistes cyclables, il fait beau et je me sens bien, je caresse les bords d'une rivière en direction du nord. Les pêcheurs sont à l'affût derrière leurs cannes à pêche, les familles se promènent à vélo, les sportifs se défoulent et la nature est en pleine effervescence après la pluie. Je m'installe sur un banc pour le pique-nique de midi. Bien installé, j'observe les pêcheurs, les passants, la vie qui va et qui vient. Mon esprit, lui, est ailleurs : je pense à ces rencontres qui jalonnent mon périple polonais, à mes observations et aux échanges que j'ai pu avoir avec les habitants. Je pense à cette opulence ostentatoire si visible durant mon voyage. Sans doute une conséquence de leur vécu. L'histoire bousculée de la Pologne est encore bien présente dans les mémoires. Ce n'est qu'en 1989 que la nation quitte le communisme, installé depuis 1952. C'est donc un pays en construction, en évolution, qui aborde le XXIe siècle. Une patrie qui cherche à combler son retard, un peuple qui désire sa part du gâteau en se jetant corps et âme dans la nouvelle religion planétaire, le capitalisme, tout en maintenant une profonde tradition catholique perceptible dans chaque village. Ils sont assoiffés de consommation, leur passé communiste encore dans la tête, ils désirent profiter et croire en ce nouvel eldorado. C'est donc l'opulence, et celle-ci doit se voir. Un pays en chantier qui passe sans transition de la maison de campagne traditionnelle en bois à la villa design aux murs blancs, toit noir et allées pavées pour piétons et voitures imposantes et rutilantes. Les Polonais passent du temps dans leur jardin et par leur labeur assurent une pelouse parfaite, entourée d'une clôture protectrice et d'un imposant portail électrique. Le tableau ne serait pas complet sans cette petite touche, qui vient finaliser cette chimère des temps modernes, le chien hurlant, le chien qui aboie à tout vent, qui s'époumone à chaque mouvement inhabituel en se ruant contre le grillage jusqu'à ce que ce dernier se termine. Par chance, dans la plupart des cas, le portail est fermé, le

Suisse, Lutry, jour du départ devant chez moi avec tous mes proches et ma famille (© B-Epic).

Suisse, Lutry, jour du départ devant chez moi avec Brian et Allison (mes enfants).

Mon destrier pour cette aventure (© B-Epic).

Autriche, première frontière et arrivée dans le Voralberg.

Autriche-Slovaquie, passage de la frontière.

Slovaquie-Pologne, passage de la frontière à Zwardoń.

Pologne-Lituanie, passage de la frontière.

Lituanie-Lettonie, passage de la frontière en route pour Jelgava.

Lettonie-Estonie, passage de la frontière.

Suède, débarquement du ferry.

Suède-Norvège, passage de la frontière.

Autriche, Frankenmarkt, rencontre avec Gustave.

Autriche, en route pour Innsbruck.

Slovaquie, Svrčinovec, rencontre avec Pavel et ses amis à l'apéro.

Pologne, Cracovie, Rynek Główny, place du XIIIe siècle.

Pologne, bivouac en chemin.

Lituanie, Šiauliai, la colline aux croix.

Lettonie, Jelgava, chez mes hôtes Ajia et Oscar.

Lettonie, Tūja, camping au bord de la mer Baltique, golfe de Riga.

Estonie, sur la route vers Parnu au bord de la mer Baltique, golfe de Riga.

Finlande, lac Tjusträsket, bivouac sous la tour d'observation des oiseaux.

Finlande, Tammisto, bivouac au bord du lac Kaukjärvi.

Suède, passage du cercle polaire 66° nord.

Suède, traversée des Alpes scandinaves. Un des moments les plus forts de mon voyage.

Norvège, Lofoten, premier bivouac avec Fabienne, la Parisienne rencontrée à Bodø.

Norvège, Lofoten, Flakstadøya, magie de la route longeant un fjord.

Norvège, Lofoten, Svolvær.

Norvège, Storslett, bivouac au soleil de minuit.

Norvège, Storslett, lever du jour.

Norvège, col de Kvænangsfjellet 401 m.

Norvège, route désertique entre Alta et le cap Nord.

Norvège, dernier bivouac avant mon arrivée au cap Nord.

Norvège, intérieur du tunnel du cap Nord, un passage à 212 m sous l'eau.

Norvège, cap Nord, mon arrivée en début d'après-midi le 23 juin.

Norvège, cap Nord, à 1 h 10 du matin.

Norvège, cap Nord, mon bivouac au bord de la falaise du cap Nord.

Polonais est craintif, alors il ferme son portail. Mais pas toujours, alors mon sang ne fait qu'un tour, mes poils se hérissent et je hurle à qui veut bien l'entendre. Je me suis muni d'un bâton, à portée de main pour me défendre si nécessaire.

Tout cela est à l'image de ce pays et de sa population, certes je grossis le trait par mes expériences qui s'avèrent très rurales, suburbaines et même un peu urbaines. Cette soif de capitalisme et de liberté consumériste, d'avoir, de paraître et de montrer est importante et perceptible dans mon cheminement. Ce fait m'a également été conté par Greg, lors de mon dernier Warmshowers. Les mentalités ne changent pas si vite, le capitalisme est plus rapide que les croyances, et le Polonais reste quelque peu fermé, méfiant, il observe depuis son enclos de jardin ou derrière sa fenêtre. Cependant, en forçant un peu, en faisant l'effort de s'arrêter, de se présenter et d'expliquer, en montrant « pédale » blanche, j'observe que les cœurs s'ouvrent au vagabond que je suis.

Je termine mon sandwich et ma petite pause, puis je reprends mon vélo. Je roule près de 70 kilomètres sous un soleil radieux. En quittant Varsovie, je me dirige vers le nord-est.

Mes pérégrinations polonaises me font traverser rapidement le nord du pays et ses champs de céréales immenses, ses forêts verdoyantes. Les espaces sont grands et façonnés par l'agriculture. Je traverse les villes de Łomża, Stawiski puis Grajewo, dont la sortie m'offre une ligne droite sans fin, longeant plantations de blé et de colza. Aux abords de Rajgród, je fais une très jolie pause sous le soleil au bord du lac Jezioro Rajgrodzkie. Mon étape du jour de plus de 130 kilomètres me mène jusqu'à Suwałki.

3 mai 2023

Je quitte la ville de Suwałki pour une dernière étape en Pologne qui traverse la campagne et des forêts, rendant ce parcours très bucolique. À Jeleniewo, je fais halte chez un marchand de cycles pour nettoyer et graisser ma chaîne ainsi que mon dérailleur. Puis c'est à l'ouest de Wiżajny que je passe la frontière entre la Pologne et la Lituanie.

J'ai traversé des villes magnifiques comme Cracovie la superbe et Varsovie la reconstruite, qui de zéro c'est réinventé une vieille ville, mais également une ville moderne et cosmopolite.

Mon errance me mène aux abords d'un chemin, à la sortie d'une forêt, je repère l'endroit pour mon bivouac.

11 - LE BIVOUAC

« Le bivouac est un luxe qui rend difficilement supportables, plus tard, les nuits dans les palaces. »

Sylvain Tesson, *Sur les chemins noirs*

Le bivouac est un rituel, un cheminement qui prend sa source dans la tête au moment où le corps sent la fatigue apparaître, il s'installe dans l'esprit du vagabond bien avant sa mise en place, il se prépare, s'anticipe. Il est nécessaire de prévoir suffisamment d'eau, s'assurer d'avoir du combustible pour le réchaud et, bien entendu, de quoi manger. Une halte dans une supérette est peut-être nécessaire. Une fois ces considérations logistiques réglées, le vagabond peut se laisser inviter par le destin et la nature. Parfois, plusieurs heures sont nécessaires pour trouver le coin idéal, le spot qui invitera le cycliste voyageur pour sa halte et son repos. Ce lieu doit offrir calme, discrétion et sécurité. C'est pour cette dernière raison que j'aime bien demander la permission de camper, je valide ainsi mon droit de sol, ce qui me rassure. À plusieurs reprises, c'est auprès de paysans que j'ai pu m'acquitter de ce droit, positifs, heureux de savoir qui gîte sur leurs terres. Parfois, c'est la forêt qui m'a offert sa protection ; dans ce cas, l'aventure prend encore plus d'envergure, le vagabond est livré à la nature et à son hospitalité. Dame Nature sait se rendre rassurante, mais également terrifiante : un bruit, un craquement ou le cri strident d'un oiseau peuvent se révéler angoissants. Mais le bivouac sauvage est à l'aventure ce que l'alcool est à l'ivresse : indispensable. Nulle aventure ne peut se passer de ce moment d'égarement éloigné des sentes urbaines et cosmopolites. C'est l'ultime expérience du cyclovoyageur qui par ce mode se rend invisible et isolé. Une fois le lieu déniché, commence un rituel bien rodé : je décroche une sacoche après l'autre, puis je place la base, une bâche de sol qui protège le dessous de ma tente, mais aussi mon matelas, assurant aux deux propreté et longévité. Puis j'installe ma tente intérieure en m'assurant de placer les ouvertures dans l'axe est-ouest, pour bénéficier du soleil couchant et levant. Il n'y a pas plus motivant qu'un rayon de soleil matinal venant vous chauffer le visage ! Puis vient la toile de tente, celle qui assure l'étanchéité. Je gonfle ensuite mon matelas de sol et mon coussin, sors mon sac de couchage afin qu'il reprenne son volume protecteur. Je place les autres sacoches sous l'auvent de ma tente. Après une petite toilette pour me débarrasser de la sueur journalière, j'enfile mes habits de bivouac, chauds et confortables. Si j'ai du temps avant le repas, je me repose un moment et fais quelques élongations, mais rien que de s'allonger un moment est une délivrance. S'ensuit la préparation du repas. J'ai choisi le réchaud à essence et j'ai bien fait. J'avais pressenti que le gaz serait difficile à trouver, certes plus léger et pratique, mais ce dernier ne se trouve pas partout, il est idéal pour des virées de deux ou trois jours en montagne, mais dans mon cas l'essence s'avère plus accessible et je croise beaucoup de stations d'essence. J'allume mon réchaud, je prépare ma pitance et cherche un tronc, une souche ou un banc pour manger confortablement, mais c'est bien souvent accroupi au sol que je mange. Enfin j'attaque la vaisselle, exercice ingrat, mais nécessaire, en limitant la quantité d'eau utilisée, parfois je n'ai que deux ou trois décilitres pour ce faire. En ce printemps pluvieux et frais, je me calfeutre souvent dans ma tente. Allongé dans le sac de couchage, je savoure ce moment de répit. Je prends quotidiennement le temps d'écrire dans mon calepin le résumé de ma journée, mon ressenti ainsi que toute pensée que mes errances font apparaître à mon esprit. Je termine par un brossage de dents avant de passer à la lecture. C'est aussi le moment de tirer un bilan de la journée, la fierté des kilomètres parcourus, de faire le point sur mon état physique et psychique. Je prends également du temps pour établir l'itinéraire du lendemain, repérer le tracé et me fixer un objectif. Il m'arrive souvent de ne rien faire, voilà une activité qu'il faut apprendre à dompter. Finalement, c'est agréable de se laisser rattraper par le sommeil si nécessaire à la récupération.

La solitude inhérente au bivouac est un cadeau que l'on s'octroie. Sur le vélo ou sous la tente, les moments seuls offrent l'espace à notre esprit pour qu'il puisse lui aussi vagabonder. Quel bonheur ! Calfeutré dans mon sac de couchage, ce cocon sommaire, j'ai l'illusion d'être isolé et protégé du monde extérieur. L'excitation me gagne, parfois je sens mon corps trembler de bonheur, j'ai envie d'exulter et de crier ma joie. Le sentiment non justifié d'être en sécurité sous ma toile de tente rend ces moments de plénitude extraordinaires et uniques.

Au petit matin, le rituel s'inverse, je chauffe de l'eau pour mon porridge et prépare du café dans ma petite cafetière italienne, rendant ce moment singulier, savoureux et indescriptible, en particulier lorsque les rayons du soleil sont au rendez-vous. Le bivouac offre une occasion unique de se reconnecter avec l'environnement naturel, ce qui a des effets positifs sur le bien-être mental et la qualité du repos. À pratiquer sans modération.

12 - LES PAYS BALTES (LITUANIE, LETTONIE ET ESTONIE)

« Rien ne vaut de passer un bon moment avec soi-même, à parcourir les rayonnages de sa bibliothèque intérieure. »
Sylvain Tesson, *Petit traité sur l'immensité du monde*

La Pologne est désormais derrière moi. À force de coups de pédales sur un terrain plat, je parcours de longues étapes et traverse la Lituanie en trois jours. J'ai longé sur près de 50 kilomètres la frontière de l'enclave russe de Kaliningrad, cela me menant jusqu'au village de Kudirkos Naumiestis auprès duquel j'installe mon bivouac. Au milieu du pays, j'ai traversé, moyennant un grand détour, la rivière Niémen. Résilience et patience, deux mots qui n'ont jamais été aussi appropriés. Je roule plein nord et traverse la ville de Raseiniai, puis c'est la bourgade de Šiluva, qui est mentionnée pour la première fois en 1457 dans le cadre de la construction de l'église de la Nativité de la Vierge Marie. Une église magnifique, j'en profite pour la visiter. Mon avancée à travers village et champs agricoles m'amène à Šiauliai, où je m'offre une journée de pause.

6 mai 2023

J'ai quitté ce matin Šiauliai, une ville au nord de la Lituanie. J'avais, la veille, réservé un Warmshowers afin de m'assurer de rencontrer quelqu'un durant mon passage dans les pays baltes. Car ce n'est pas si simple d'entrer en contact avec les gens, même sur le site de cyclovoyageurs, les propositions ne sont pas en nombre, en particulier lorsque l'on sort des grandes villes. Alors j'ai pris la seule proposition qui s'offrait à moi à une distance abordable. Une fois que j'ai réservé, je me rends compte que l'étape sera longue. En effet, la distance à parcourir et le profil de la journée semblent idéaux pour une mise à l'épreuve. Une étape de 90 kilomètres et littéralement toute droite. Je n'ai eu qu'un seul virage de 3 degrés à mi-parcours. Pour couronner le tout, un vent de face. En début d'étape, je fais halte pour visiter la colline aux croix, un lieu aussi surprenant qu'irréel : des centaines de milliers de croix que les gens viennent déposer en mémoire d'un défunt. Le lieu de recueillement est mythique, il a pris une signification toute particulière durant l'occupation russe (1944 à 1990), symbole de l'identité lituanienne. Bien que l'endroit ait été rasé trois fois par les Russes, les Lituaniens y retournent et déposent de nouvelles croix. En 1985, les Russes ont renoncé à l'anéantir. Depuis l'indépendance, il ne cesse de grandir et accueille à ce jour près de 200 000 croix. Le pape Jean-Paul II s'y est rendu en 1993, le déclarant « site d'espoir, de paix, d'amour et de sacrifice ».

Après cette visite matinale, il faut reprendre ma besogne journalière, il reste 80 kilomètres à parcourir et, bien que le soleil brille, le vent de face rend la tâche ardue. Bien posé sur mon destrier, je reprends ma place sur ce tapis de bitume, bien à droite sur la ligne blanche, voire au-delà lorsque je vois dans mon petit rétroviseur les camions arriver. Dans l'ensemble, les chauffeurs, de camions comme de voitures, sont très aimables et respectueux du cycliste que je suis, prennent soin de me dépasser en laissant une bonne distance entre eux et moi. C'est agréable. Il y a comme partout quelques inconscients qui, pour ne pas perdre cinq secondes, me dépassent en me frôlant. Je sens alors le souffle du véhicule me bousculer, je m'accroche à mon guidon pour ne pas être déporté, soit vers la droite et terminer sur le bas-côté de la route, soit, par compensation, sur la gauche et alors risquer le pire. Je roule, je pédale, mes jambes tournent machinalement, comme un automate, mon corps s'est adapté et je suis bien. La difficulté est ailleurs, devant moi la route, je ne vois pas le bout de la ligne droite, les camions qui me dépassent ne disparaissent jamais, c'est comme une ligne sans fin, monotone et lancinante, laissant à l'esprit beaucoup d'espace pour errer, mes pensées elles aussi vagabondent à tout vent. Justement, le vent contraire vient ajouter sa touche afin de donner à ce labeur un goût plus piquant, plus fort.

Pour gérer les moments de lassitude et de monotonie que les lignes droites m'offrent, je joue avec le compteur qui, mètre après mètre, m'indique ma progression. Alors je me fixe des objectifs intermédiaires, ce dernier m'informe lorsqu'il y aura la prochaine intersection ou simplement une petite route qui vient s'échouer sur la nationale. Mon compteur indique 3,6 kilomètres, continuer tout droit… j'en fais mon objectif. Puis vient le prochain chemin à 8,7 kilomètres, et me revoilà parti en décomptant la distance parcourue, des petites victoires qui, cumulées, me font avancer. Les pauses sont également source de motivation, j'essaye de m'arrêter un petit moment tous les 15 ou 20 kilomètres. La difficulté n'est pas physique, mais mentale, il faut s'accrocher. Comme me disait mon ami québécois Jocelyn durant notre Pierra-Menta 2018, c'est à ce moment que tu vas visiter tes propres catacombes, tu creuses, tu pioches, tu soulèves chaque caillou, et alors commence le grand nettoyage dans la tête.

Rien n'échappe à mes pensées vagabondes. Parfois, j'ai la sensation de me repentir, c'est comme être au confessionnal, je peux tout dire, alors je déballe, je dialogue avec moi-même. Bien entendu, la fin de mon activité professionnelle prend une bonne place, je me remémore les moments difficiles qui m'ont épuisé. Je revis la journée à Arolla, qui fut un signal salvateur, la visite chez Thioro, mais aussi mon divorce, et je comprends mieux les causes de ce dernier. Cette prise de conscience fait du bien. Je revisite certains comportements ou certaines actions dont je ne suis pas très fier, je demande pardon à ceux que j'ai pu bousculer ou blesser. Je suis à confesse, mais seul mon vélo et moi sommes à l'écoute. Les beaux moments de mon existence remontent également à la surface. Tous ces souvenirs incroyables qui font ma vie, je les apprécie plus que jamais dans la solitude de l'effort. J'aime ces occasions qui me sont offertes, l'itinérance est un retour à la simplicité, à une vie primitive. C'est en allant chercher au-delà de nos habitudes, de notre confort, en se mettant en difficulté et face à l'effort que les petites choses de la vie prennent tout leur sens : la douche de fin de journée devient un Graal, la récompense suprême, un lit propre et confortable devient un plaisir intense et ô combien chaleureux, une bière fraîche se transforme en fontaine de jouvence, un message de mes proches suffit à éclairer ma journée.

Après presque 60 kilomètres, je passe la frontière, quittant la Lituanie. Aucune formalité, pas de douanier, pas de barrière. Le transit des personnes est libre.

Venu à bout de ces deux lignes droites et d'un vent usant, j'arrive à Jelgava (Lettonie) chez mes hôtes Aija et Oscar, de la communauté Warmshowers, qui me reçoivent comme un membre de la famille. Leur maison est un paradis : grande, chaleureuse et lumineuse. Ils me laissent leur chambre à coucher pour que je puisse bénéficier du grand lit ; la salle de bains adjacente est une délivrance. Nous partageons le dîner avec leurs quatre enfants, gênés de parler l'anglais, nous parlons de sport, car ils sont très sportifs. Aija et Oscar font de la course d'orientation, mais également du kayak – ce dernier sèche dans le jardin –, les affaires de natation sont suspendues dans la salle de bains, ils respirent la bonne santé. Je sens une bonne énergie dans cette maison, on aurait envie d'y rester. Bien que ce soit le principe du site Warmshowers, Ajia et Oscar n'ont pas voyagé à vélo, mais ils ont entendu parler de cette plateforme et ils ont voulu offrir le gîte à des voyageurs. C'est leur façon de rencontrer du monde, de voyager par procuration. En fin de soirée, ils s'intéressent à mon programme du lendemain. C'est dimanche, et ils aiment bien aller se baigner dans la rivière voisine avec son eau à 11 degrés. Ils pratiquent la baignade hivernale, jusqu'à casser la glace durant les mois d'hiver pour se frayer un passage. Ils me proposent de les accompagner, alors bien que le froid de ces derniers jours ne soit pas vraiment engageant, j'accepte, et nous fixons le départ à 8 h 25, nous prendrons le petit-déjeuner après. La nuit est calme et réparatrice, le réveil sonne, et sans tarder nous embarquons dans la voiture pour nous rendre sur une jolie petite plage où des amis d'Aija et Oscar nous rejoignent. Il fait 6 degrés, le soleil levant et la bonne humeur nous réchauffent le cœur. Ce sont ces moments qui donnent tout son sens à mon voyage, marqué par l'oscillation permanente entre la solitude du vagabond, l'effort du cycliste et les rencontres. Au plaisir de l'échange s'ajoute celui d'en apprendre davantage sur le pays traversé. Je découvre ainsi que la Lettonie est un pays en décroissance démographique, le nombre d'habitants est en déclin de plus de 13 pour cent depuis les années 1990. Malgré cette chute, le PIB du pays est en croissance. L'euro est la monnaie officielle depuis 2014. Ce sont l'industrie agroalimentaire, les produits issus du bois, les textiles, les métaux et les produits pharmaceutiques qui constituent le plus gros de l'industrie de ce pays. Je quitte mes hôtes avec regret, cette halte fut une parenthèse enchantée.

L'étape du jour me mène jusqu'à Riga, où j'ai réservé un lit dans une auberge de jeunesse. L'arrivée est un peu glauque, je ne trouve pas l'entrée, jusqu'à ce que je m'aperçoive que je dois passer par le MacDo ; l'auberge de jeunesse se trouve au deuxième étage. Avec mon vélo et mes six bagages, c'est une expédition ! Par chance, mon chargement passe de justesse dans l'ascenseur. L'accueil est sympathique, et l'ambiance, très agréable. Je séjourne ici deux nuits afin de m'octroyer un jour de pause et visiter sommairement Riga, passant aussi du temps à ne rien faire, à me reposer et à noircir mon carnet de route dans des cafés.

9 mai 2023

Quitter Riga signifie s'approcher de la mer Baltique, et les premiers coups de pédales le long de celle-ci me font un bien fou. Je me sens empli d'une énergie nouvelle, il fait beau, la mer est calme, les forêts de pins longent le littoral, les plages n'ont pas de fin, et le sable est blanc et chaud. Flotte un petit air de vacances, renforcé par les cris des mouettes et le bruit des vagues. Je m'arrête à plusieurs reprises pour profiter de la vue. J'avale encore quelques kilomètres pour rejoindre un camping que ma fille m'a conseillé, elle s'y est arrêtée l'année précédente, elle aussi à vélo. L'endroit est superbe, je pose ma tente avec vue sur la mer. Il n'y a personne mis à part un camping-car habité par un jeune couple, nous passons un peu de temps ensemble, lui est très intéressé par mon voyage et par la Suisse, qu'il souhaiterait visiter. Pour la première fois, je peux me poser, c'est-à-dire qu'une fois la tente et mes affaires rangées, je peux m'installer dehors sans être frigorifié ; c'est une première. Il fait beau et chaud, je vais donc me baigner dans la mer Baltique, je profite longuement de la plage, du soleil et de sa chaleur sur ma peau. C'est une erreur, j'attrape froid ou une légère insolation et je me réveille le lendemain en petite forme. Je roule néanmoins une cinquantaine de kilomètres, et c'est malade que j'entre en Estonie.

10 mai 2023

Mal en point, je trouve à la hâte un lit dans une auberge de jeunesse perdue dans une pinède. Je prends une douche, mange ce qui reste dans ma sacoche. J'avale un comprimé et me couche. Après un repos réparateur, je me réveille en meilleure santé. Il fait beau et chaud, le bord de mer est magnifique, j'ai envie d'en profiter. J'arrive dans l'après-midi à Parnu, une jolie ville balnéaire du sud-ouest du pays, lieu de villégiature des Estoniens. De là, j'envoie une photo à mon ami Joël, rencontré lors d'un ultratrail avec mes amis de l'association Out'Cha. Joël se fait un devoir de m'aider dans son pays, grâce à lui je suis hébergé dans la salle de danse de l'école JJ-Street, qui lui appartient. J'y suis accueilli par Janeli, enseignante de hip-hop. Il est près de 17 heures, elle donne un cours à des élèves. Mais tout s'arrête à mon arrivée, une fois mon vélo et mes affaires acheminés au premier étage de l'école, je prends place dans la salle de danse, la carte de mon parcours en main, je tente de répondre à l'avalanche de questions de tous ces enfants, très curieux et intéressés. Ils me demandent où je dors, combien de kilomètres j'effectue par jour, qu'est-ce que je mange, quel est mon pays préféré… Mais une question revient souvent, aussi bien de la part des enfants que des plus grands, durant ce voyage : est-ce que j'ai peur, ai-je peur des gens ? Mais de quoi devrais-je avoir peur ? Les peurs sont souvent le résultat de projections, elles sont rarement fondées sur des faits concrets. Par exemple, je crains les ours, et la traversée de l'Estonie me fait peur dès lors je commence à y penser, à imaginer comment réagir et me comporter lors de mon prochain bivouac. Alors pour me rassurer, ou m'inquiéter davantage, je vais voir sur internet pour en savoir plus sur les zones où les ours ont été vus, sur les comportements à adopter en cas de rencontre avec l'ursidé. Dès lors on peut être certain que, si l'on cherche quelque chose pour se faire peur, on va le trouver, en particulier sur la toile, cette dernière regorge d'informations qui vont alimenter nos angoisses, quelles qu'elles soient. Plus on s'informe, plus la peur prend place. Le lendemain, lorsque je m'apprête à quitter Parnu pour traverser la zone en question, je pars à la recherche d'un spray au poivre contre les ours, mais ma recherche restera sans succès. Dans un magasin, un vendeur me confirme la présence d'ours, alors je suis inquiet. Je décide malgré tout d'y aller et de surmonter cette peur, qui grandit à mesure que je m'éloigne de la ville. En débouchant sur un chemin, je vois une maison isolée avec un monsieur assis devant son garage, et trône à l'entrée du petit chemin un ours sculpté dans un tronc de bois. Alors je me dis que, lui, il doit savoir. Très humblement, j'approche de la maison et je pose mes questions. Il en rit presque et me rassure : « La route jusqu'à Tallinn est très fréquentée et il y a de nombreux villages : c'est trop de monde et de bruit pour les ours, aucune chance d'en voir », me dit-il. Je repars, rassuré. Cette petite discussion vient confirmer que nos peurs ne sont que ce que nous projetons, et il semble que tous ceux qui me posent cette question craignent l'être humain ! « Vous n'avez pas peur des gens ? » Ma réponse est négative. Après plus de 2 700 kilomètres de voyage, je n'ai rencontré que des personnes extraordinaires, bienveillantes, qui désirent m'aider, curieuses de mon aventure. L'homme est bon et, depuis le 1er avril ainsi que bien avant, je suis témoin de la bienveillance et de la solidarité de mes semblables. Il serait idéaliste de croire que tout le monde est ouvert et positif à mon passage, c'est normal, une grande partie des gens restent indifférents au vagabond que je suis, je ne fais que passer dans leur paysage et ne laisserai aucune trace dans leur mémoire. Mais personne de négatif ou de dangereux. J'avoue tout de même avoir été dépassé par un ou deux chauffeurs pas très respectueux du cyclovoyageur, me frôlant dangereusement. J'adopte également une attitude positive et actionne en permanence l'arme secrète du voyageur, le sourire. Avec le sourire, on ouvre toutes les portes et actionne la bonté des gens. C'est une arme que l'on peut utiliser sans modération.

Après une petite balade en ville, je termine la soirée dans la salle de danse, bien confortablement installé. Au petit matin, je rassemble mes affaires, prépare mon paquetage, m'assure que tout est en ordre, dépose la clé et reprends ma progression en direction de Tallinn. Il s'agit d'une étape importante, qui marque la moitié de mon périple. À Tallinn, je retrouve Joël avant de revoir, au bout du ferry, mon amie et son fils. Avoir les pays baltes dans le dos est symboliquement fort, j'appréhendais cette partie qui constituait avec la Slovaquie et la Pologne des étapes qui me projetaient dans l'inconnu et l'incertitude, laissant place à mes appréhensions non justifiées.

Depuis mon arrivée en Estonie, je sens une atmosphère différente. J'ai plus l'impression d'être dans un pays nordique que baltique. Certaines choses ont changé, la nature ressemble davantage à la Scandinavie, les maisons, également, peut-être que les panneaux au bord des routes signalant la présence d'élans m'influencent. Mais, après mes rencontres dans ce pays, je sens bien que les habitants se sentent plus proches de la Finlande que de la Lettonie et de la Lituanie, pourtant toutes proches. J'apprends que leur langue a des racines finnoises et que les deux pays ont des similitudes culturelles, par exemple l'utilisation de sauna et le droit à la nature. Cependant, sa situation géographique ainsi que son histoire lient l'Estonie à ses voisins, les pays baltes. Le pays a été viking avant d'être colonisé au XIIe siècle par les Allemands durant plus d'un demi-siècle, on en retrouve certaines traces dans l'architecture des bâtiments, en particulier à Parnu. Plus tard, au tout début de la Seconde Guerre mondiale, l'Estonie et ses voisins baltes seront envahis par l'Union soviétique, pour être repris par l'Allemagne nazie durant la guerre. L'ensemble des pays baltes ont été victimes de la Shoah. À la fin de guerre, les Russes reprennent l'Estonie pour y imposer le communisme. Ce n'est qu'en 1991 qu'elle retrouve son indépendance. Très dynamique et prospère, l'Estonie est devenu un nid à start-up, vivant une forte expansion économique. Un petit pays de 1,3 million d'habitants dans lequel il fait bon vivre, même si les prix y sont aussi élevés, voire plus, qu'en Suisse.

Depuis quelques jours, j'ai changé de rythme. Intuitivement ou volontairement, je prends plus de temps, je fais plus de pauses et, surtout, je démarre plus tranquillement. Le beau temps y est sans doute pour quelque chose, il incite au prélassement, à l'oisiveté. Les bancs et les abris de bus sont des invitations à la pause. Alors je me laisse tenter. Pour compenser cette multiplication de haltes, j'essaye de partir un peu plus tôt le matin et je n'hésite pas à prolonger la journée sur mon vélo jusqu'à 18 heures. Je bénéficie des longues journées nordiques : à ce moment de l'année, en Estonie, le soleil se couche vers 22 heures, et le matin il fait jour dès 4 heures. Ce changement est bénéfique, car jusqu'alors je fonctionnais et me contraignais à parcourir mes distances quotidiennes comme une tâche à accomplir et non pas comme une activité de plaisir et de détente, un moment pour moi que j'ai choisi. Ce nouveau rythme me plaît et me convient bien, il est moins intense tout en me permettant de couvrir aisément près de 100 kilomètres quotidiennement lorsque j'en ai envie. La transition dans la façon d'appréhender mes activités journalières participe à la métamorphose que je dois entreprendre pour la suite de ma vie. Je sais que le chemin, à ce sujet, est encore long. Apprendre à être dans le moment présent et ne pas trop me projeter ou anticiper alors que je suis là, maintenant. Il est difficile de changer un mode de fonctionnement, mais cela est nécessaire pour vivre plus calmement et sereinement sans toujours être dans la performance. Je prends donc cette variation de rythme avec plaisir et j'y vois un signe d'espoir pour l'avenir. Ce changement arrive juste avant mes retrouvailles avec ma compagne à Helsinki, elle m'est d'un grand soutien dans cette mutation, sa vision et sa faculté à être dans le moment présent m'inspirent.

Petite pause à Tallinn, j'ai visité la vieille ville avec Joël, qui la connaît bien et a pris le temps de me la faire découvrir. Il possède une école de *street dance* et j'ai pu prendre part à l'un de ses cours, avant qu'il m'emmène dans un magnifique restaurant dans un quartier postindustriel que je n'aurais jamais vu sans lui. Le morceau de viande dégusté ce soir-là me fait un bien fou ! Le lendemain, je prends le ferry pour rejoindre Helsinki. Le ciel gris déverse sa rage sur le golfe de Finlande, que le vent chahute. Je n'avais pas eu un jour de pluie depuis la sortie de Cracovie, c'est tellement plus agréable de rouler par beau temps ! Cela tombe plutôt bien, puisque je n'ai pas à rouler. Je suis le premier à pénétrer dans les entrailles du navire, j'entre par l'entrée des véhicules. Les camions s'entassent bientôt dans la halle, ne laissant que quelques centimètres entre chacun. Mon vélo semble si petit calé à l'avant du bateau.

13 - LA FINLANDE

« Le véritable voyage de découverte ne consiste pas à chercher de nouveaux paysages, mais à avoir de nouveaux yeux […] »

Marcel Proust, *Du côté de chez Swann*

16 mai 2023

C'est sous une averse et un vent d'ouest que je débarque à Helsinki. Une fois sorti du port, il me faut traverser le centre-ville pour rejoindre l'hôtel qui se situe à l'est de la ville. Bien que la météo ne soit pas très clémente, je suis content d'arriver. C'est toujours particulier de se présenter dans un grand hôtel à vélo, je perçois un décalage entre mon statut de vagabond et celui de client, je ne me sens pas vraiment à ma place.

J'ai le temps et je m'installe tranquillement. Mon amie et son fils vont arriver tard, j'en profite pour faire une petite sieste, écrire et ne rien faire, la météo s'y prête bien. Ce n'est qu'en fin de journée que je pars faire un tour en ville, puis jusqu'à la gare, je vais prendre le train pour les accueillir à l'aéroport. Je suis tout excité, nous ne nous sommes pas vus depuis plus de six semaines ! Les retrouvailles sont belles, et nous nous empressons de rejoindre l'hôtel. Il est très tard, le petit est fatigué, nous aussi. S'ensuivent quatre journées magnifiques à visiter la ville, à pied, en bateau et à vélo. La météo est avec nous.

20 mai 2023

C'est samedi, et mes deux visiteurs vont reprendre leur vol pour la Suisse. Il nous reste la matinée pour profiter un peu : une virée à trottinette publique pour combler le petit et un plongeon dans la piscine qui, jouxtée à la place centrale, est littéralement sur la mer Baltique. C'est dans cette dernière que nous irons nous baigner après le sauna. Un endroit magnifique qui, grâce à une météo d'été, est fort agréable. Nous terminons par un bref passage au marché couvert pour déguster des produits régionaux. De retour à l'hôtel, il est temps de nous dire au revoir, nous serons de nouveau séparés pour près de deux mois, ça va être long. Une fois le taxi parti, c'est un raz de marée émotionnel qui s'abat sur moi, il me semble impossible de repartir, l'envie n'y est pas. Je pleure, le vide est subitement abyssal. Il est plus de 14 heures et je dois y aller, mais la force me manque. Dans le lobby de l'hôtel, j'essaye de me ressaisir. Mais je suis toujours très sensible, je me sens encore fragile dans certaines situations. Engoncé sur un canapé, je téléphone à mon père, qui trouve les bons mots pour me remotiver. Il est fier de moi, de ce que je suis en train d'accomplir, du chemin parcouru. Ses paroles m'apaisent et, mes émotions passées, j'enfourche mon vélo. Je longe l'hôtel, la rue, puis la place centrale, la vieille ville, je passe à l'ouest de l'agglomération ; la sortie d'Helsinki me semble interminable. Je me suis fixé d'accomplir 50 kilomètres en cette demi-journée, alors je pédale, le moral au plus bas. J'ai repéré un lac sur une carte en ligne, j'y ai débusqué une petite plage et, non loin, une tour d'observation pour les oiseaux. La plage est infestée de moustiques, impossible de dormir ici. Alors je tente l'observatoire, un ponton aménagé y mène : le lieu est magique, la tour doit faire 8 ou 10 mètres de haut, elle offre une vue sur le lac et la végétation alentour, l'ombre de l'édifice en bois est projetée sur les roseaux ensoleillés, et seuls les oiseaux rompent le silence. Je suis seul et m'installe au pied de la tour, sous l'escalier. Je monte ma tente et prépare mon bivouac dans ce lieu magique. Puis arrive un homme avec un appareil photo digne d'un grand reporter. Ce doit être un spécialiste, je le rejoins au sommet de la tour, essayant d'engager la discussion, mais il ne parle que le finnois, alors je traduis mes dires avec mon portable. J'avais envie qu'il me montre ses photos d'oiseaux, mais je n'ai droit qu'à des prises de vue de son jardin… Nos échanges sont limités, je lui montre la carte de mon parcours et il me pose des questions que je ne comprends pas. Il restera longtemps alors que je continue de m'installer, chauffe de l'eau et mange un copieux repas. La lumière du soir est fantastique, il est plus de 21 heures, le soleil est rasant, des barques sont échouées dans le canal. Des pêcheurs taquinent le poisson depuis un bateau, une brise s'est levée, me protégeant momentanément des moustiques voraces. Pour profiter de cette nuit estivale bien que nous soyons en mai, je décide de ne monter que la base de ma tente avec la moustiquaire, j'ai ainsi l'impression de dormir à la belle étoile. Une fois couché, je peux observer le ciel et le bal des oiseaux qui semblent vouloir me chanter des berceuses, ce qui fonctionne bien : Morphée m'emporte. À minuit, j'entends des bruits de pas sur le ponton menant à la tour ! Deux personnes arrivent et montent l'escalier, je ne bouge pas. Il est évident qu'ils m'ont vu, avec tout mon barda, on ne peut pas me louper. J'imagine qu'ils ne sont pas restés longtemps, je ne les ai pas entendus repartir. La nuit est réparatrice et calme, c'est la lumière et la chaleur du soleil qui viennent me réveiller. Il est 4 h 20 ! Il fait grand jour, je couvre mon visage avec ma polaire pour terminer ma nuit. Au petit matin, je prends mon petit déjeuner au même endroit. Le café préparé dans ma cafetière Moka dans cet environnement est un luxe, mieux que n'importe quel *coffee shop*. Moment de plénitude.

J'ai fait le choix de l'itinéraire de l'EuroVélo numéro 10, qui longe le golfe de Finlande puis le golfe de Botnie[5], la partie nord-est de la mer Baltique, un itinéraire un peu plus long, mais d'une grande diversité, bien que, le parcours se situant souvent à quelques centaines de mètres de la mer, ma vue se résume à une route bordée de forêts à gauche comme à droite. Dans la partie sud que je traverse actuellement, le pays est plat et je ne compte plus les petits lacs - la Finlande en compte plus de 180 000 ! Les Finnois y ont installé de jolies maisons pour la courte saison d'été ; de petites cabanes jouxtent les habitations, ce sont des saunas, une tradition que les Finnois apprécient avec les bains glacés non seulement durant l'été, mais également en hiver. La végétation est dense, la forêt boréale domine, ce sont les pins qui sont les plus présents, puis l'épicéa et le bouleau. Au sol on trouve énormément d'airelles. Au début, j'ai cru que c'étaient des myrtilles. Une couverture de mousse vient souvent compléter cette magnifique nature.

J'ai passé la nuit en bivouac au bord d'un lac, un lieu aussi paisible que magnifique. Avant de reprendre la route, je bois mon café au bord de l'eau et profite de cette nature en éveil. Sur mon vélo, les kilomètres défilent, je traverse la localité de Kalanti, Pyhäranta et, au terme de 62 kilomètres, je termine au camping non loin de Rauma, une des plus anciennes villes de Finlande, fondée au XIVe siècle. C'est sa situation géographique au bord de la mer Baltique qui lui confère son attractivité.

Depuis mon départ d'Helsinki, je n'ai fait que de bivouaquer. La Finlande m'offre ses plus belles nuits, des lieux magiques, que ce soit au bord de la mer sur une plage de sable, au bord d'un lac reposant, sur un replat d'herbe, dans une tour d'observation des oiseaux ou dans le jardin de bienfaisants qui m'ont

[5] Le bras de mer nord de la mer Baltique.

accueilli alors que je demandais simplement où planter ma tente. Ces bivouacs sont un bonheur, car ils procurent non seulement la sensation de liberté, de communion avec la nature, mais également le bien-être d'une baignade et d'un moment de calme dans un environnement luxuriant. Parfois il y a même des toilettes et un couvert à disposition. Je m'assure toujours d'avoir anticipé et de disposer d'assez d'eau et de quoi manger.

24 mai 2023

Je repars de Rauma, et ma journée se résume à des traversées de forêts, champs et petits villages. La nature est calme, les paysages sont apaisant. Mon parcours est quelque peu vallonné, plusieurs lignes droites m'offrent leur monotonie. Après 50 kilomètres, je passe aux abords de Pori et fais une pause au village de Kaanaa où j'effectue quelques courses afin d'anticiper mon prochain bivouac.

C'est une journée magnifique, j'ai repéré sur la carte de petites îles, alors je cherche un lieu sauvage, sans maison, au bord de l'eau. Le premier endroit était splendide, au bord de la mer, avec un replat d'herbe idéal pour planter ma tente, je ne dérange que les canards, que j'ai fait fuir à mon arrivée. Mais la route principale toute proche, avec sa circulation dense, et le sentiment d'être dans une propriété privée, douchent mon enthousiasme. Je repars, ayant repéré à 5 kilomètres une petite plage publique au bord d'une rivière avec cabanon et place de jeux. La route qui y mène est agréable, bordée de forêts et vallonnée, j'arrive au pont qui traverse la rivière en question, du haut duquel j'aperçois la plage de sable, équipée d'une table et de bancs, un atout certain pour mon bivouac, ainsi qu'un plat d'herbe où installer ma tente. Un petit sentier m'y mène, mais une fois devant le cabanon, une inscription « camping interdit » me fait douter, je n'ai pas envie de me faire déloger dans la soirée. Je reprends la route, direction un lieu de bivouac libre avec place de feu. Encore 5 kilomètres et je serai enfin installé, après plus de 90 kilomètres parcourus sous le soleil et la chaleur. À mi-chemin, je traverse le petit village de Ahlainen, un hameau d'une trentaine de jolies maisons traditionnelles, au milieu du village. Je vois une dame affairée dans son jardin, chevelure blonde, débardeur d'été, short très court et bottes de pluie. Je m'arrête, lui explique que je cherche un lieu sûr pour camper. Sans hésiter, elle se retourne et me montre son jardin : « Il y a assez de place ici. » Je la rejoins, elle vit dans un décor de carte postale : jolie maison principale en bois de couleur ocre avec de belles boiseries blanches, une étable et un garage également en bois, le tout entouré de gazon vert, de jardins potagers et d'un parc où paissent deux moutons. Elle m'indique où installer ma tente, plus tard son mari Antti vient me voir, le courant passe immédiatement entre nous. Il me propose de l'accompagner jusqu'à son bateau. Je monte dans sa voiture, et nous roulons jusqu'au canal où mouille son embarcation. Je l'aide à charger les affaires sur son bateau, il est fier de me montrer le sauna qu'il a construit à bord. Au retour, Miina, Antti et moi nous installons sur la terrasse de leur maison et bavardons longuement en sirotant une bière locale. Ils me proposent de prendre une douche et j'accepte avec plaisir. Puis je termine la préparation de mon bivouac, mange dehors au soleil couchant en tentant de me protéger des moustiques, nombreux. Je m'endors encore une fois confortablement dans mon duvet, malgré la nuit pluvieuse, Miina m'avait averti. Je suis bien équipé et la pluie a certains avantages : elle refroidit l'air et fixe les pollens. Je programme mon réveil, car je suis invité pour le café vers 7 h 30, avant que mes hôtes partent travailler.

Je traverse des montagnes russes, non pas géographiques, mais émotionnelles. Je passe du bonheur euphorique à l'envie de tout arrêter, de jeter mon vélo dans le talus. Pourtant rien n'a changé, certes la météo est plus fraîche et le vent s'est renforcé, mais ce n'est pas pour me déplaire, car il est bien souvent de dos. Non, c'est ma tête qui s'embrouille, ce qui laisse la porte ouverte à cette petite voix qui vient me faire douter et me questionner sur ce que je suis en train de réaliser. Pourquoi es-tu là, pourquoi tant d'efforts, de solitude, de lassitude, ne serais-tu pas mieux à la maison, avec tes proches, sur ton canapé ? Je connais cette voix et son lot de remises en question, elle m'a déjà rendu visite lorsque je participais à des compétitions où il fallait puiser au fond de mes forces. Elle est muette lorsque le moral est au beau fixe, mais il suffit d'un coup de fatigue ou d'une baisse de moral pour qu'elle fasse comme les vendeurs de porte-à-porte, elle met le pied dans la porte entrouverte et ne part plus. Il faut donc engager la discussion, partir en confrontation et tenir jusqu'à ce qu'elle fatigue.

Ce jeudi 25 mai fut de ces jours où la porte est restée entrouverte toute la journée. J'ai donc dû parlementer, pas aidé par la monotonie et la lassitude des routes finnoises. Certes, les paysages sont magnifiques, mais peu variés : 500 kilomètres de routes presque droites bordées de forêts boréales à gauche comme à droite – la Finlande est le pays le plus boisé du monde avec près de 70 pour cent de forêts !

La solitude, propice à l'introspection et aux rencontres, peut se révéler une ennemie quand le moral flanche, à cause notamment de la fatigue qui s'installe en raison de l'effort de l'endurance : j'ai peut-être tendance à rouler trop vite, à puiser dans mes forces, laissant la porte ouverte à la fatigue, aux doutes et aux questionnements.

À mi-parcours, je fais une halte à Sideby dans un café, qui fait également office de petite épicerie. Il est midi et j'ai besoin de recharger mes batteries, celles du cycliste. Le coin café est accueillant, avec une décoration vieillotte, des journaux et livres jaunis et des articles de souvenirs semblant sortis d'une autre époque. La tenancière prend un peu de temps pour m'accepter, mais bientôt un sourire vient adoucir son visage. Je lui commande un sandwich, une tranche de cake et un café. Les prix sont très raisonnables et il semble que tout soit fait maison. Je suis content de me réchauffer un peu ; bien qu'il fasse très beau, la température et le vent rafraîchissent l'air. Arrive un jeune marginal, t-shirt usé, chemise ouverte, short et tongs – il fait tout au plus 15 degrés. Il s'installe près de moi. S'ensuit une discussion d'une heure sur la vie, les voyages et sur sa musique. Il prend la vie avec philosophie, il est venu chercher l'isolement dans ce coin de la Finlande. Jakob a 30 ans. D'origine polonaise, il a passé plus de dix années dans le nord de la Finlande, parle le finnois, le polonais ainsi que l'anglais parfaitement. On sent en lui une distance, voire une aversion envers la société, l'économie. Quand je lui dis, comme à mon habitude, que mon métier est de vendre du chocolat, il réplique qu'il ne sait même pas ce qu'est la vente. Il me propose de dormir chez lui, n'ayant pas très envie, je prétexte la nécessité d'avancer. En une heure, il boit trois cannettes de boisson au gin et je soupçonne qu'il ne prend pas que ça. C'est sans doute un artiste, mais qui semble égaré et à la recherche de sa propre vie. Je le quitte pour reprendre mon chemin, moi, je sais où je vais. Je roule les 45 kilomètres restants et termine cette journée à Kristinastad, au sud de Vaasa. Je n'ai pas envie d'enchaîner une sixième nuit de bivouac après les 97 kilomètres de lutte de ce jour. Je cherche une auberge de jeunesse ou un hôtel, mais les prix finlandais sont dissuasifs. Avant de terminer au camping, je traverse un large portail de bois séparant deux maisons villageoises, pour déboucher sur la cour intérieure d'une petite maison en bois ocre, escalier et rambarde en bois blanc, réception dans une maison d'époque. Je doute que cet endroit entre dans mon budget, ma motivation et le fait que ce soit la basse saison me font tenter ma chance. Je tombe sur un jeune homme très sympathique qui me dit « nous sommes *bike friendly* ici », alors je lui conte mon voyage et mon besoin de me reposer, lui indiquant d'entrée que mon budget est serré. Il me fait une offre, je dépose mes sacoches dans un petit appartement avec salon, cuisine aménagée, lit douillet et tout le confort. Je décide d'y passer un jour de repos. Dormir dans un vrai lit, s'affaler dans un canapé, cuisiner : un luxe pour le cyclonomade ! En prime, les rideaux assurent une obscurité totale, ce qui n'est pas négligeable alors que les nuits se font de plus en plus courtes (le soleil se couche à plus de 23 heures et se lève vers 3 heures du matin).

Une fois installé, je vais faire quelques courses alimentaires dans le village, puis je m'affaire à changer les gommes de frein de mon vélo. Après presque 3 400 kilomètres, ces dernières semblent bien usées. Ma fin d'après-midi est dédiée au repos. J'allume la télévision et passe la soirée au son de Tina Turner, dont on vient d'apprendre le décès, devant sa biographie. J'apprends beaucoup de choses sur son parcours de vie, et sa chanson *Proud Mary* trottera dans ma tête durant bien des étapes.

N'était-ce pas paradoxal de sa part de chanter la liberté d'une personne qui quitte son travail pour embarquer sur un bateau sur le Mississippi ? Elle qui, sur les scènes du monde chante la liberté, illustre cette femme sauvage et libre, alors que durant cette période elle subit les violences de son bourreau de mari, Ike Turner, qu'elle finira par quitter ? J'y vois un parallèle avec nos vies, avec ce que nous daignons afficher : nos joies, notre succès, nos acquisitions et tout ce qui nous représente heureux. Mais nous cachons soigneusement la face plus sombre ; nos échecs, nos peurs, nos pleurs et les efforts qu'il faut déployer pour obtenir la face positive. Tout est balancé et compensé, la vie n'est qu'équilibre.

Je passe une journée de repos, je m'applique à ne rien faire tout en profitant du confort. J'organise dans l'après-midi une visite chez le médecin à cause d'un œil enflammé. Rien de grave, la concentration de pollen et le vent mettent mes yeux à rude épreuve. Le médecin est très curieux de mon vélo et me questionne sur sa fabrication et ses composants.

27 mai 2023

Je n'ai plus envie de repartir d'ici, j'adore cet appartement et m'y sens bien. Mais je reprends la route, avec une grosse étape en perspective : je souhaite rejoindre Vaasa, à 115 kilomètres, alors il va falloir pédaler ! Il fait beau, le vent souffle de l'ouest, et moi je vais plein nord, ma route étant sinueuse. Le vent est parfois un ami et parfois il se mue en ennemi. Lui ne fatigue jamais.

La journée se déroule parfaitement. Je chemine à travers les forêts, caresse la mer Baltique, traverse Närpes, Korsnäs, contourne Molpe et Malax. Peu avant Vaasa, je traverse un cratère (Söderfjärden) d'impact créé par une météorite il y a environ six cent quarante millions d'années, d'un diamètre de 6 kilomètres et d'une profondeur de près de 300 mètres. Aujourd'hui il est rempli de sédiment et ressemble plus à un énorme champ de culture circulaire, on ne voit plus grand-chose à part sa circularité et ses bords relevés ; sa vue aérienne, en revanche, est impressionnante. J'ai traversé le cratère sans vraiment m'en rendre compte, sans visiter le petit musée qui lui est dédié. Arrivé à Vaasa par le sud, je me rends directement au port afin d'anticiper et de prendre mon billet pour le lendemain matin. Au guichet, la jeune fille m'indique que le prochain bateau pour Umeå part dans trente minutes, alors j'embarque immédiatement ! Me voilà en partance pour la Suède ; la

Finlande et mon parcours de 612 kilomètres par la côte ouest se terminent. Ce pays m'a gâté, j'ai bénéficié d'une météo magnifique, de paysages féeriques, de bivouacs extraordinaires. Je n'ai qu'un seul regret, ne pas avoir pris le temps de visiter la vieille ville de Rauma, classée au patrimoine mondial de l'UNESCO. Ce sont les aléas du voyage à vélo et du voyage itinérant, on ne peut pas tout visiter et parfois on rate certaines occasions.

Me voilà au bar du ferry, je viens de parcourir plus de 115 kilomètres, alors je m'offre une bière pour fêter ça. Je ne me souviens d'aucune bière qui m'ait saoulé autant que celle-ci ; les quatre heures de traversée ne seront pas de trop pour m'en remettre.

14 - LA SUÈDE

« La solitude, même choisie, s'avère aussi plaisante que tumultueuse. »

Patrick Sumi

En débarquant au port d'Umeå, mon moral est en berne. Tout d'abord, ma compagne et moi avons de la peine à gérer notre relation à distance, chacun vivant à un rythme différent : de son côté, la réalité du quotidien, ses obligations diverses liées à une vie très active ; du mien, la vie sur le chemin qui n'est que contemplation et réflexion, j'ai donc tout loisir de penser et de me noyer l'esprit dans des futilités. Ensuite, la météo a changé de ce côté du golfe de Botnie. Le ciel est chargé, un vent soutenu vient de l'ouest, donc de face, et les 115 kilomètres déjà parcourus durant la journée du côté finlandais se font ressentir. Je suis très fatigué. Bien entendu, je ne sais pas où dormir. Il est plus de 19 heures lorsque je descends du ferry, je me mets immédiatement en quête d'un lieu où bivouaquer. La zone entre le port et la ville ressemble plus à une zone industrielle qu'à une forêt féerique. Je m'engage sur une petite route menant vers un lac, je tente ma chance sans grande conviction. La route se transforme en chemin de gravier, puis rapidement en sentier forestier. Je ne peux plus pédaler, alors je pousse mon vélo. Au bout de quelques centaines de mètres, un arbre est couché au milieu du sentier, je dois enlever les sacoches pour pouvoir passer dessous, puis c'est au tour du vélo. Je n'en peux plus, je suis à bout. Je m'arrête, je crie, je pleure, mes nerfs sont à vif. Un fois ma crise terminée et l'obstacle franchi, je continue sans pour autant trouver un endroit où passer la nuit. Alors je poursuis mon chemin et rejoins la route. Un camping se situe à mi-parcours en direction d'Umeå, l'endroit est bruyant et peu accueillant, et il est fermé. Je continue jusqu'à Umeå, optant pour un hôtel bon marché. Il est passé 21 heures lorsque j'arrive dans la chambre, avec 135 kilomètres dans les mollets. La douche chaude et le lit douillet sont mes récompenses !

La nuit accomplit son miracle, et un message de mon amie me redonne l'élan pour attaquer la journée. Je me rends au centre-ville, bien décidé à acheter un spray au poivre contre les ours. Devant le magasin, je me rends compte que c'est dimanche et qu'il est fermé. Je ferai encore une fois sans. Je m'arrête boire un café, la météo a changé et il pleut des cordes, cette humidité ne me motive guère à enfourcher mon vélo. Alors je m'offre un petit trajet en train pour sortir d'Umeå et laisser passer l'orage. Le contrôleur semble passionné par mon voyage, on discute un bon moment, j'en oublie presque de sortir du train. Le calme et la nature reprennent place. La météo a tourné au beau, l'air frais, les forêts verdoyantes et les lacs que je longe me redonnent du baume au cœur, je retrouve joie et motivation. Je pédale jusqu'en fin d'après-midi pour rejoindre le village d'Åmsele. Il est 17 heures lorsque j'arrive au camping. Heinz est à l'accueil. Il voit mon drapeau suisse et me demande si je parle le suisse allemand. Il est heureux de pouvoir me parler dans sa langue, et nous échangeons un long moment. Il me propose de m'installer dans une *stuga*, un cabanon en bois. Il insiste, me le propose au même prix que la place d'une tente. Je ne peux refuser et m'installe dans une *stuga* toute vétuste, mais charmante, aux couleurs ocre comme toutes les maisons de ces contrées. Elle est spartiate : un lit superposé, une petite table et une chaise, sans draps ni rideaux. Mais le vagabond cycliste apprécie n'importe quel petit luxe !

Heinz repasse vers moi pour s'assurer que je ne manque de rien. Je réponds que tout est parfait en ajoutant qu'une petite bière locale serait bienvenue. « Je vais arranger ça ! » assure-t-il. Il revient peu après avec une bière, je la savoure bien au chaud dans ma *stuga*, elle a un extraordinaire goût d'aventure. Dans la soirée, je mange ce que je trouve dans mon sac, car il n'y a aucun commerce aux alentours, j'écris quelques lignes dans mon journal quotidien, je lis un peu avant que le sommeil ne me prenne. Bien que la lumière soit permanente en cette saison, la nuit polaire est réparatrice et je me réveille reposé.

29 mai 2023

Je ne tarde pas, décidé à avaler des kilomètres. Je déjeune rapidement, remballe et charge mes affaires machinalement avant de reprendre mon destrier pour ma nouvelle étape. Il fait frais, le vent souffle et le ciel se charge de nuages qui n'annoncent rien de bon. La météo prévoit de la pluie vers 15 heures. Je roule et j'apprécie les paysages, je longe une rivière dont le débit est impressionnant. Un panneau m'indique la présence de chutes ou de rapides, je n'arrive pas à traduire. Je m'offre une petite pause pour les visiter. Le volume d'eau est spectaculaire, le bruit, assourdissant. Des ponts de bois permettent aux randonneurs de traverser la rivière et d'admirer la puissance de ces rapides. Cette petite halte me fait du bien, au milieu de ces interminables lignes droites. Vers midi le temps s'est bien dégradé. Je traverse le village de Ruksele et décide de m'y arrêter pour échapper à la pluie qui s'annonce. À l'entrée, un camping est fermé. Plus loin, un panneau qui indique la présence d'un restaurant. Il est ouvert, c'est mon jour de chance !

Pour environ 10 francs suisses, j'ai droit au menu : nouilles sautées au poulet et légumes, salade, dessert, boisson et café. Je remarque que le cuisinier parle anglais, alors je lui demande s'il sait où je peux trouver un abri pour la nuit. Il s'adresse à son épouse, qui prend aussitôt son téléphone. Je fais honneur au menu. Madame me dit qu'elle aurait un lit dans ce même bâtiment, si je veux on peut aller voir la chambre, je lui réponds que mon budget est limité. Elle me demande 150 couronnes suédoises, l'équivalent de 12 francs 50. Je dépose aussitôt mes affaires ! Le bâtiment est une sorte d'EMS/EPAD, où les personnes âgées peuvent louer des appartements tout en bénéficiant d'un soutien médical et d'un restaurant. Je ne pensais pas finir si vite à l'EMS ! Mais peu importe, j'y suis bien et, dès que je suis au chaud, la pluie s'installe, elle aussi. Bonne pioche.

Je passe une après-midi paisible et reposante, je fais quelques courses dans le petit commerce du village en anticipant ma journée du lendemain. Après une bonne nuit, je repars tôt, mon objectif étant de rejoindre Slagnäs à 115 kilomètres de là. Il est 8 h 15 lorsque je donne mon premier coup de pédale. Je suis bien, la météo est pesante, le ciel semble s'écraser sur l'horizon, le vent s'intensifie ; selon l'orientation de la route il vient parfois me freiner, parfois me pousser.

À mi-chemin, je repère un restaurant dont des ouvriers entrent et sortent, c'est toujours un bon signe. Je m'y arrête, c'est un self-service. Il est midi, alors je ne m'en prive pas, sachant qu'il me reste plus de 70 kilomètres à parcourir. Je me sers une grosse ration : pâtes au bœuf, œufs au plat (j'en prends trois), riz, salade, café et boisson pour 100 couronnes, soit environ 8 francs 50.

À côté de moi s'installe un ouvrier, je tente d'entamer la discussion en lui demandant s'il y a des ours dans le coin. Il répond dans un très bon anglais que oui, mais qu'il ne faut pas en avoir peur, je n'ai aucune chance d'en rencontrer, car ils sont discrets, ils évitent l'homme. Il termine en me disant qu'il est né ici et, en plus de soixante ans dans la région, il n'a jamais vu d'ours, tout au plus des traces. Il m'explique que dans la région il y a des mines et que ces dernières génèrent du monde et du travail. Lui travaille dans la fibre optique, il me questionne sur mon voyage, nous échangeons. Le temps passe et je dois repartir. Bien qu'éphémère, ce brin de causette est un plaisir. Je repars repu et content, prêt à attaquer les 75 kilomètres restants avec courage et persévérance. L'après-midi n'est qu'une succession de lignes droites bordées de forêts, le tout bien vallonné, mais avec une tendance à la montée. Je roule plein ouest en direction des Alpes scandinaves. Arrivé à Slagnäs, je me rends au camping et m'offre le confort d'une *stuga* : un bon lit, une petite cuisine, de la chaleur. Compte tenu des rafales de vent et de la température extérieure, ce choix me semble judicieux. Je mange chichement, me laissant emporter dans la nuit nordique et le confort de ce cabanon. À cette latitude, il n'y a plus de nuit : le soleil se couche à 23 heures et se lève vers 1 heure du matin. Je ne suis plus très loin du cercle polaire et de ses nuits ensoleillées. Mais, cette nuit, ce n'est pas la lumière des nuits arctiques qui m'empêche de dormir, non, c'est un tout autre sujet qui taraude mon esprit.

Je ne sais pas que faire, dans ma tête les questions s'entrechoquent et plus je m'informe, plus le doute sur mon itinéraire s'installe. Je voulais traverser la Suède d'est en ouest par les Alpes scandinaves pour rejoindre la Norvège et les îles Lofoten, merveilles naturelles de ce pays. Ainsi je rejoindrais l'EuroVélo numéro 1, qui doit me conduire jusqu'au cap Nord. Venant de la Finlande et d'Helsinki, ce n'est pas le parcours le plus direct, mais je tenais à placer la traversée de ces îles dans mon parcours. Les îles Lofoten sont donc le point de mire de mon itinéraire, comme récompense en fin de voyage. Une fois les Alpes scandinaves passées, il devrait me rester environ

1 000 kilomètres. Je suis actuellement à Slagnäs, en Suède, c'est à mi-chemin entre Umeå et Bodø, en Norvège. Ici il n'y a rien, les routes sont bordées de forêts, parfois c'est un lac ou une rivière qui m'offrent un peu de diversité. Les lignes droites sans fin se succèdent, chaque jour offre son lot d'émerveillement et de lassitude à parcourir. Ça monte et ça descend, le chemin parcouru me fait gagner en altitude, depuis Umeå, j'ai gagné près de 400 mètres de dénivelé. Ma route doit me mener à un col qui se trouve à un peu moins de 800 mètres et me fera basculer en Norvège.

Mais tout ne se passe pas comme je le souhaite. La météo vient perturber mes choix. En effet, un front de mauvais temps s'abat depuis des semaines sur toute la côte ouest atlantique norvégienne, apportant vent, précipitations et air froid. Ces conditions maussades devraient continuer durant les deux prochaines semaines. Visiter les îles Lofoten par mauvais temps, à vélo et sous ma tente ne me motive pas vraiment, alors j'envisage deux options : prendre mon temps du côté suédois avant d'atteindre la Norvège, en espérant que la situation météorologique s'améliore, ce qui pourrait me retarder de dix jours, soit changer d'itinéraire et, depuis Slagnäs, prendre la route qui va directement au nord et m'emmène au cap Nord en 950 kilomètres. Cette deuxième option me permet de rester à l'est des Alpes scandinaves, barrière naturelle séparant la Suède de la Norvège, une chaîne rocheuse qui s'étend sur plus de 1 700 kilomètres du sud au nord et dont le plus haut sommet est le mont Galdhøppigen, qui culmine à 2 469 m d'altitude. Au nord, le plus haut sommet ne dépasse pas les 2 102 m. Les Alpes scandinaves me protégeraient de ce front de mauvais temps venant de l'ouest, évitant ainsi les précipitations, le froid et le vent. Certes, le vent et les nuages seront présents, mais c'est mieux que la pluie, voire la neige, au passage du col de Merkenes qu'il me faudra passer pour rejoindre la Norvège. En discutant avec le responsable du camping, il me confirme que cette météo est tout à fait normale sous ces latitudes - les îles Lofoten se situent au nord du cercle polaire -, même en juin la neige n'est pas inhabituelle. Il faut noter qu'ici, la météo n'a rien à voir avec celle à laquelle nous sommes habitués.

Je dois donc faire un choix et prends un jour de repos à Slagnäs afin de peser le pour et le contre. L'ouest ou le nord ? Les îles Lofoten avant ou après le cap Nord ? La pluie ou le vent ? Le froid ou le moins froid ? Les fjords ou encore des forêts et des lignes droites ? C'est un peu comme choisir entre la peste et le choléra. J'exagère un peu, mais il est vrai que je regrette le temps estival de la Finlande. Tous les sites météo que je consulte sont unanimes : le mauvais temps arrive. Mon cœur m'incite à ne pas lâcher mon itinéraire de base, ma raison me souffle que rester au sec de ce côté des Alpes scandinaves est plus raisonnable et agréable. Que je pourrais toujours visiter les îles Lofoten après être passé au cap Nord.

Je reste encore un jour de plus à Slagnäs, coincé dans ma *stuga* bien confortable, les conditions extérieures ne m'invitent pas à reprendre la route. Hier en fin d'après-midi, des flocons de neige tombaient, et ce matin les rafales de vent à près de 80 kilomètres à l'heure semblent vouloir arracher le toit de ma maisonnette. C'est décidé. Grâce aux recommandations de mon amie, pragmatique et réaliste, qui a les bons mots pour m'enlever le doute et ainsi m'aider à faire un choix : « Focus, fais simple et ne change rien, tu es dans le Nord et tu devais t'attendre à cette météo, c'est normal », me dit-elle. Oui, parfois il faut juste attendre, faire preuve de patience, mais garder son cap et ne pas lâcher l'objectif. Et de me rappeler cette phrase : « L'important n'est pas l'objectif, mais le chemin qui y mène. » Alors dès demain et durant les quatre prochains jours, le vent sera un peu moins fort, je roulerai au nord-ouest comme prévu, ferai face au vent, au froid, à la pluie ou même à la neige au passage du col vers la Norvège. Chaque coup de pédale est un cadeau du ciel, rien ne m'arrêtera et je prendrai le temps qu'il faut pour me rapprocher de mon objectif.

Slagnäs, situé dans le comté du Norrbotten, est un petit village très calme, surtout en basse saison, il n'y vit qu'une cinquantaine de personnes, et la démographie y est décroissante. Une épicerie fait office de commerce, bureau de poste, magasin de pêche et pharmacie. Juste à côté, la maison communale, un lieu social où les gens se rencontrent. Il y a une station-service (automate), une école et un camping qui ne vit que du peu de touristes qui transitent entre la Norvège et la Suède. C'est l'une des régions les moins habitées de la Scandinavie, la densité d'habitants par kilomètre carré ne dépasse pas un. Moi qui me sentais seul, ce n'est pas ici que je vais socialiser ! Les gens parlent le sami. Les Samis sont le peuple autochtone des régions du nord de la Suède, de la Finlande et de la Norvège, et même d'une partie de la Russie, plus communément appelée Laponie chez nous. Un peuple qui traditionnellement vivait de la pêche et de l'élevage de rennes. Seule une petite partie de la population vit encore de ces activités traditionnelles, remplacées aujourd'hui par l'exploitation des minerais (fer, cuivre), la production d'énergie par le bois, l'hydraulique, l'éolien, le charbon et également le pétrole, ainsi que le tourisme. La Suède est le cinquième plus grand pays d'Europe, mais avec une très faible densité de population, 80 pour cent de la population vit dans 1,5 pour cent du territoire situé au sud, dans la région de Stockholm. C'est dire s'il y a de l'espace ! Ici la nature est reine, et la forêt boréale trône, c'est le royaume de la taïga.

La solitude est un sentiment, un état ponctuel que l'on choisit, ou parfois pas. Pour ma part, je l'ai choisie, j'avais rêvé de ce voyage en solitaire, car je désirais prendre du temps pour moi, laisser place au voyage intérieur, à ces moments de qualité avec moi-même. Prendre et avoir du temps pour moi est un luxe que je ne me suis pas offert souvent. Mon rythme de vie jusqu'alors ne m'octroyait guère de répit. Cette solitude me donne une liberté incroyable et bienfaisante que j'apprécie chaque jour, la possibilité de prendre une décision, une direction ou de projeter quoi que ce soit sans en référer à personne. Alors je me délecte jour après jour de cette solitude et de cette liberté. L'isolement est bénéfique, il laisse toute la place à mes pensées, au vagabondage spirituel. Je prends aujourd'hui toute la mesure de ce qu'être seul veut dire. Pour le vivre bien, il faut être bien dans sa tête, avec soi-même et ses proches. Souvent, la vie sociale nous aide à nous repérer et à nous situer. Les personnes qui nous entourent et qui nous connaissent reflètent ce que nous sommes ou désirons être. La solitude n'offre rien de pareil. Elle ne propose qu'un vide abyssal dans lequel les pensées se bousculent - où chaque aspérité de notre mental : petites faiblesses, doutes ou ambiguïtés -, viennent à la surface et doivent être affrontées. Chaque jour a son lot de solitude, dans laquelle viennent s'immiscer les balafres du passé ; tout ce qui n'a pas été réglé va refaire surface dans la monotonie d'une route rectiligne bordée de forêt de Suède ou de Finlande.

J'ai pu également expérimenter la relation à distance avec mes proches, mes enfants, et en particulier avec ma compagne. Il se crée un décalage entre ce que la personne vit dans sa vie normale et ce que j'expérimente. Le rythme est différent, les préoccupations et les priorités divergent et l'écart se creuse inexorablement. J'ai eu beaucoup de peine à gérer cela, à ne pas pouvoir partager mon périple. Car c'est également un des aspects paradoxaux du voyage en solitaire. Certes, les réseaux sociaux permettent de diffuser des bribes de ce rêve, mais ils ne permettent pas aux personnes que l'on aime d'y prendre part. Souvent, j'aimerais partager physiquement et émotionnellement les moments que je vis.

Mes enfants me manquent, bien qu'ils soient adultes et indépendants. J'aimerais pouvoir les associer à ce voyage, mes sentiments, mon ressenti sur ce que je vis. Nous avons une relation magnifique, je les vois très souvent lorsque je ne suis pas en vadrouille. Nous échangeons, nous sommes capables de nous confier et de nous soutenir mutuellement. Les adultes qu'ils sont devenus sont une fierté pour moi. Ils évoluent sainement, sont solidaires, ils ont un état d'esprit résolument positif, ils sont très ouverts sur les autres. Je sais qu'ils adoreraient cette expérience. Allison est partie elle aussi à vélo l'été dernier, elle a emprunté une partie du parcours que j'ai fait dans les pays baltes. C'est à eux de tracer leurs chemins maintenant. Ils ont tous deux les outils et l'intelligence pour mener leur vie là où ils veulent. J'ai une grande confiance en eux. J'espère être source d'inspiration, je souhaite avoir tout au long de ma vie, par mon comportement, mes actes et mon état d'esprit, été un exemple. Ce voyage est également une chose que je souhaite leur dédier. Leur montrer qu'il faut vivre ses rêves, aller au bout de ce que l'on désire accomplir. Se donner les moyens et avoir confiance en soi. Le reste va suivre.

Je suis depuis deux jours dans cette *stuga*, je n'ai pas grand-chose à faire que de penser, lire et écrire. Mes enfants prennent une place prépondérante durant ces moments d'introspection. Les savoir présents dans mes pensées me comble et me rassure.

2 juin 2023

Après deux jours de pause à Slagnäs, me voilà reparti sur les routes avec pour objectif Arjeplog, à 60 kilomètres. Les journées se suivent et se ressemblent, lignes droites, ça monte, ça descend, forêt à gauche, forêt à droite, virage et nouvelle ligne droite. J'avance bien, je m'étais préparé à une journée plus difficile. Je vois à deux reprises des élans sur le bord de la route, m'étonnant qu'ils n'aient pas de cornes. J'apprendrai bientôt qu'ils les renouvellent annuellement et que ce n'est qu'en fin d'année qu'elles atteignent leur taille maximale. Les élans sont peureux, il m'est difficile de les prendre en photo, dès qu'ils sentent ou me voient arriver, ils s'enfoncent dans la forêt. Ils ne craignent en revanche pas les voitures, dont ils ont l'habitude. Je croise également des rennes, qui se promènent sur la route, ne la quittant qu'une fois que j'arrive à leur hauteur. J'observe, je cherche, mais je ne vois toujours pas d'ours. Je suis pourtant dans la région où leur densité est la plus élevée de Suède, à une centaine de kilomètres du cercle polaire ; il y a plus d'ours que d'humains au kilomètre carré. J'oscille entre la peur et l'envie de voir le plantigrade dans son milieu naturel. J'aimerais vivre ce moment, bien que ma crainte et mes incertitudes quant aux comportements à adopter en cas de rencontre demeurent. N'est-ce pas ça, l'aventure ?

La reprise après deux jours de pause me semble assez difficile et je me contente volontiers de cette petite étape. Arrivé à Arjeplog, je fais un tour et m'arrête dans l'unique café du village, qui vend des objets-souvenirs, en particulier de l'artisanat créé par la communauté sami. Attablé devant mon thé, j'engage la discussion avec deux messieurs qui s'intéressent à mon périple. L'un d'eux est chasseur, il me confirme la présence d'ours tout en restant rassurant. J'essaye de leur faire comprendre que je cherche un logement, dans l'espoir que lui ou son comparse me propose le logis. Je serais heureux de passer une soirée chez des locaux, mais je termine sous ma tente. Après quelques courses pour le repas du soir, je m'oriente vers le camping, où je me sens plus en sécurité que dans la forêt. Le lendemain, je poursuis ma longue procession à travers les Alpes scandinaves, chaque jour, je gagne en altitude et j'arrive par un temps hivernal à Jäkkvik. Il pleut et je suis gelé. Je loue une petite cabane au camping pour me reposer. Le village est désert, la météo, hivernale, tout le monde semble cloîtré à domicile. La journée de demain sera longue et éprouvante, j'en profite pour bien me reposer.

4 juin 2023

J'appréhendais ce trajet, digne d'une étape du Tour de France, de celle qui promet de grands moments. J'attaque cette journée avec beaucoup de respect et d'humilité, je suis motivé et mon état d'esprit est bon. Je pars vers 7 heures du matin, avec devant moi 70 kilomètres pour atteindre le col qui se trouve à 740 m d'altitude. L'approche est longue, vallonnée, et le vent ne me fait aucun cadeau, réduisant passablement ma vitesse. Je me bats, mais ne cherche pas à maintenir un rythme soutenu. Ce serait imprudent autant qu'inutile. Alors je pédale en profitant des paysages somptueux. La verdure s'est raréfiée pour laisser place à la neige. Les bouleaux sont de plus en plus petits et finissent par disparaître. Les lacs se succèdent jusqu'à devenir gelés. Les lignes droites sont remplacées par quelques virages, et plus je monte, plus la route devient sinueuse. Il fait tout au plus 4 ou 5 degrés ; le vent d'ouest, qui souffle bien entendu de face, vient renforcer la sensation de froid. Il est près de 10 heures, sur un terrain plat au bord de la route, je repère quelques camping-cars. La première personne que j'aborde en quémandant avec un large sourire un café semble interloquée par ma question et peu encline à y répondre. Je repère non loin un van aménagé, devant lequel un homme gesticule pour me demander d'approcher. Je ne me fais pas prier. Je fais ainsi la connaissance de Yann, un Allemand qui a pris six mois sabbatiques, dont trois seul, avant de retrouver sa famille pour la suite de son *road trip*.

Il m'invite à entrer et je prends place sur la banquette autour de la table. À côté de moi, un poêle à huile dégage une chaleur salvatrice. Yann sait ce dont j'ai besoin, alors tout en discutant il me prépare un café chaud et m'offre une soupe. Il me questionne sur mon périple et s'intéresse beaucoup à mon aventure. Ayant déjà fait trois voyages Allemagne-cap Nord à vélo, chaque fois par des itinéraires différents, il se montre solidaire des cyclistes qui affrontent ces contrées hostiles. Cette année, il a choisi de voyager en van, pour plus de flexibilité et de liberté. Nous échangeons sur nos motivations et le sens de ces voyages au long cours, nous nous comprenons. J'aurais volontiers conversé plus longtemps avec lui, mais je dois reprendre la route, mon étape du jour n'est pas terminée.

Je l'attendais, je m'impatientais et je savais que je n'étais plus très loin. Puis, à la sortie d'un virage au bout d'un lac, je repère un hameau, des drapeaux, et enfin le panneau. Je suis au cercle polaire, je passe la latitude 66 ! J'immortalise ce moment par une photo sous le panneau, tout excité de passer ce cap symbolique, je m'arrête à l'épicerie qui propose de tout. Je m'y procure un chocolat chaud et une paire de chaussettes en laine bien épaisse ; rien qu'en les regardant les pieds se réchauffent. Il est midi passé et je mange pour recharger mes batteries ; il me reste un peu plus de 30 kilomètres de montée.

Les conditions se dégradent. Je sens parfois un léger crachin, qui me rappelle que la Norvège se rapproche. La météo du côté norvégien ne s'est pas améliorée et le front humide vient toujours buter contre les Alpes scandinaves : les prémices de ce qui m'attend plus haut ainsi que de l'autre côté.

La nature change au fur et à mesure de mon avancée, les arbres rapetissent, jusqu'à disparaître complètement. Je me situe à près de 600 mètres d'altitude, ici les neiges sont éternelles, les lacs traversent l'été à moitié gelés, seuls quelques herbes et lichens persistent, l'environnement est minéral. On retrouve donc un climat et une nature similaires à ce que nous rencontrons dans les Alpes à plus de 3 000 mètres ! Seuls quelques rennes et un véhicule de temps en temps viennent perturber ma solitude. Ici, personne ne peut rien pour moi. Je dois trouver les ressources au plus profond de mon être. J'aime cette lutte contre les éléments, cette bataille contre moi-même. Ici, je n'ai qu'à gérer ma personne et m'adapter à l'environnement naturel : l'inverse de ce que j'ai vécu durant mes derniers mois au travail, à louvoyer entre considérations politiques, gestion des rapports humains, enjeux économiques et lois du marché. Sur ce col des Alpes scandinaves, je suis le seul maître à bord. Sentiment de plénitude et de bonheur intense. Après une ultime ligne droite, la route se cabre, voici l'assaut final, entre la roche lissée par des glaciers disparus, un lac gelé, un ciel noir qui semble vouloir s'écraser sur le col et quelques giboulées. Je sollicite mes dernières forces, je distingue au loin le panneau annonçant le passage du col ; c'est gagné, j'y suis ! L'émotion me gagne, je suis noyé dans cette immensité, dans cette nature si sauvage, je pourrais rester des heures en ce lieu magique. Sentiment de plénitude. Au loin, j'aperçois un aigle royal planer le long des parois abruptes des montagnes, moment féerique. Mais le froid est mordant et n'invite pas à la rêverie. Alors j'attaque la descente, mais cette dernière n'est pas franche et il me faut encore affronter quelques petites montées.

Enfin, se présente le troisième objectif de cette journée : la frontière norvégienne. J'y suis, je viens d'atteindre le dernier pays de mon périple : c'est incroyable, je suis tellement content, pour ne pas dire excité ! À moi les fjords, la mer, les villages de pêcheurs et les Lofoten ! Je viens d'affronter le tronçon qui me paraissait le plus difficile, la traversée de la Suède d'est en ouest, un itinéraire que les cyclistes empruntent rarement, privilégiant un axe plus direct, soit par l'est via la Finlande, soit par l'ouest en longeant la côte norvégienne. Malgré les incertitudes, l'isolement, des conditions météorologiques extrêmes, j'ai accompli l'une de ces étapes qui marquent, qui laissent des traces, des souvenirs à jamais. Des moments que seuls ceux qui les ont vécus peuvent comprendre : 105 kilomètres, avec près de 1 000 mètres de dénivelé, un vent de face, une température presque négative, un petit crachin. Le col séparant la Suède et la Norvège se mérite, surtout avec cette météo hivernale. Je pleure de joie d'avoir affronté ce passage emblématique. Dans cette nature rude, pure et sauvage, il me faudra près de sept heures avant de monter ma tente. Mon sac de couchage est mon meilleur ami, je m'effondre pour une nuit polaire.

J'en avais rêvé, je viens de le vivre, merci la vie !

Parfois, les doutes s'emparent de nos pensées, des barrières viennent se placer dans notre esprit, fondées ou pas, il faut les vaincre et continuer. J'avais peur des ours, certes j'ai traversé une des régions qui en compte le plus, mais les espaces ici sont tellement grands que les ursidés préfèrent nous éviter et se cacher loin dans leur forêt. J'appréhendais les montagnes de ces Alpes scandinaves, car après des milliers de kilomètres de plat je ne me pensais plus capable d'affronter ce col, il fut moins élevé géographiquement que je l'imaginais, puis la météo est venue semer le doute, ouvrant chez moi une porte grande ouverte à la remise en question et aux options possibles. Mes journées de pause m'auront fait du bien, je suis reparti plus reposé et motivé.

Je suis heureux et fier d'avoir affronté mes peurs et d'être aujourd'hui à Rognan, en Norvège, pour écrire ces lignes. Ne rien lâcher et croire en soi.

15 - LA NORVÈGE

« Arriver à Tromsø, c'est comme gagner une demi-finale : c'est magnifique, mais le plus dur reste à faire. »

Patrick Sumi

À Rognan, premier fjord de cette épopée nordique, je fais mon premier bivouac au bord de la mer de Norvège. J'y retrouve l'ambiance typique des villages du nord, les maisons en bois couleur ocre avec terrasse sur la mer. Au port, les bateaux de pêche s'affairent, les goélands chantent, la mer agitée va et vient au rythme de la marée. C'est calme, le temps lourd et pluvieux n'invite pas les gens à sortir. Alors je plante ma tente sur un terrain d'herbe confortable à quelques mètres de l'eau, avant de partir visiter le village. Mais ce n'est pas la visite de la bourgade qui me motive. Lors de mon arrivée, j'ai repéré un joli hôtel et j'ai l'intention de profiter du salon et du bar. Attablé près de la fenêtre, bien installé dans mon fauteuil confortable, je savoure la vue directe sur le petit port. Il y a une forte houle, ça souffle fort, les vagues s'échouent sous le ponton, les goélands jouent avec les rafales de vent. Plus loin, les côtes verdoyantes du fjord Saltdalsfjorden semblent se jeter dans l'eau. Les sommets enneigés témoignent du climat rude de cette région. Bienvenue en Norvège ! Mon ordinateur et une bière locale ont trouvé place au premier plan de ce tableau somptueux. J'ai une impression de luxe. Je passe ainsi l'après-midi, dans une atmosphère cosy, une musique jazz en toile de fond. Durant tout ce temps, j'écris et je prépare la suite du périple. J'aime savoir où je vais, alors j'étudie la carte, je repère les routes, j'évalue les distances, les dénivelés ainsi que le temps nécessaire pour me rendre à ma prochaine étape. J'essaye de localiser les endroits propices à un éventuel bivouac. Même si je me laisse beaucoup de liberté dans les choix d'itinéraires, la lecture des cartes me fait passer le temps et sans doute me rassure.

Je quitte en fin de journée mon salon d'hôtel douillet, où les deux bières et un sandwich m'auront coûté deux fois le prix d'une nuit en camping. Après un repas rapide, je m'enfonce dans mon sac de couchage, me laissant bercer pas le ressac de la mer et les chants des oiseaux qui, eux, ne semblent pas fatigués. Je me sens bien et passe une bonne nuit. Le lendemain matin, un copain de Lausanne me fait une visite surprise. La magie des réseaux sociaux nous a permis de nous rendre compte que nous étions dans la même région. J'ai rencontré Nicolas, un passionné de nature et de ski, dans un magasin de sport à Lausanne. Il aime les aventures solitaires et n'hésite pas à partir à l'assaut des itinéraires de randonnée partout où son voyage le mène. Il s'offre un *road trip* de plus de trois semaines. Son itinéraire du jour l'emmène à Narvik, mon emplacement est sur son chemin. Le temps qu'il me rejoigne, je range mes affaires et prépare un café. Nicolas ne tarde pas à arriver, nous buvons notre boisson et partageons nos aventures. C'est réconfortant de passer un moment avec quelqu'un que l'on connaît, de parler français. Il est très curieux, me questionne beaucoup sur mon voyage. Il s'intéresse également à mon matériel technique. C'est un professionnel dans ce domaine. Après cet échange, chacun reprend la route à son rythme. Sympa, la visite !

6 juin 2023

Les jours se suivent, mais ne se ressemblent pas. Je quitte Rognan, tout au fond du fjord de Saltdalsfjorden, confiant pour mon étape du jour : 80 kilomètres, certes un peu vallonnés, mais ces montées ne sauraient entamer ma motivation d'arriver enfin à Bodø. Le début de l'étape se révèle magnifique. Je remonte le fjord le long de la côte nord, la vue sur la mer est splendide malgré la fraîcheur d'une brume matinale et un ciel gris chargé. La route est agréable, la circulation, calme, et la météo m'épargne encore. Puis vient le premier tunnel, une saignée de 3 kilomètres dans la montagne, pas d'alternative, il faut s'y engouffrer. Je fais une halte un peu avant pour enfiler mon gilet de sécurité, enclencher la lumière arrière de mon casque et m'assurer que celles du vélo sont bien activées. C'est long et anxiogène. Les véhicules me dépassent à grande vitesse, bien qu'ils soient pour la majorité respectueux et laissent une bonne distance entre nous, je sens que je les freine et qu'ils s'impatientent derrière moi. Le plus stressant est le bruit assourdissant des véhicules qui entrent dans le tunnel. Je me concentre et me focalise sur mes gestes, mon vélo, ma trajectoire qui est fixée à 20 centimètres de la ligne blanche, mes mains bien serrées sur mon guidon, et mon rétroviseur dans lequel je vois les véhicules arriver. Lorsque ce sont des camions, je m'accroche afin de ne pas me laisser déporter. Après quelques centaines de mètres dans les entrailles du tunnel, j'aperçois un poids-lourd dans le rétroviseur. Son bruit s'amplifie à son approche. Je reste serein, ce n'est pas le premier que je rencontre. Mais, en même temps, j'en vois un autre arriver en face. Le genre de situation que j'appréhende, les questions tournoient dans ma tête : suis-je suffisamment visible ? est-ce que je dois accélérer ? me ranger sur la minibordure ? au contraire, me positionner au milieu de la route ? Les deux véhicules s'approchent, la tension s'intensifie. Le bruit assourdissant bourdonne dans mes oreilles, je sens même les vibrations s'emparer de moi, les phares des deux camions se réverbèrent sur le sol mouillé et ne me laissent aucune visibilité. Je suis fatigué, trempé, les étapes de ces derniers jours ont laissé des traces. Je crains que le chauffeur du camion venant derrière moi rechigne à freiner, qu'il désire garder son élan. J'ai déjà vécu cette situation plusieurs fois, mais cette foi la peur s'empare de moi : alors je freine, je serre sur ma droite, je ralentis jusqu'à presque m'immobiliser. Puis m'arrête et pose le pied sur le trottoir, laissant passer les deux poids lourds. Ça passe très près ! D'un coup, il fait noir, je sens le souffle des deux monstres me pousser contre la paroi, le bruit est intense. Vingt centimètres ! Il a manqué 20 centimètres pour que le camion me touche et que la catastrophe arrive. Je crie de toutes mes forces, de rage et de colère. Je gesticule, lève les bras et n'aperçois que l'arrière du véhicule, une bâche blanche salie par la route qui s'éloigne, me laissant fébrile dans ce trou noir. J'en emprunterai encore quatre avant d'arriver à Bodø. Puis arrivent le vent et la pluie, qui à l'approche de la ville s'intensifient, ne laissant aucune chance à mon équipement de me garder au sec. La pluie s'infiltre partout : le long du casque, de la veste, mes gants sont mouillés, les roues m'aspergent par le bas et je suis trempé. Il ne fait pas plus de 10 ou 15 degrés. Dans cette ambiance froide, les haltes de bus sont mon salut, véritables oasis de sécheresse m'offrant un court répit contre l'humidité. Mais le pire est à venir : la circulation sur les 20 derniers kilomètres est particulièrement dense, à croire que j'arrive dans une mégapole. La journée touche à sa fin, les gens rentrent du travail. Par chance, à l'approche de Bodø la piste cyclable est large et protégée. C'est le bruit de la circulation qui m'agresse et me stresse. La transition entre la traversée calme, paisible et naturelle des Alpes scandinaves et cette cacophonie urbaine est difficile. L'approche de Bodo est longue, après une ultime ligne droite, la route descend et la vision du port de Bodø a comme un effet libérateur, je ne peux retenir mon émotion et mes larmes. J'arrive fatigué, trempé et soulagé. Je laisse derrière moi les Alpes scandinaves, une partie que j'appréhendais, sans doute la plus engagée de mon voyage : la solitude d'une région déserte, un territoire sauvage plus habité par les loups et les ours que par l'homme, un climat rude, glacial et venteux. Ce fut extraordinaire, quel bonheur !

Bodø est une ville de transit, où les touristes passent pour se rendre sur les îles Lofoten, avec un port marchand aux allures industrielles. Pour moi, c'est une étape clé qui m'apporte le sentiment que je vais arriver au bout de cette aventure. Je m'installe dans le dortoir, prends une douche réparatrice ; le lit numéro 8 de la chambre 4 sera mon royaume pour la nuit. Cette dernière a été douce, j'ai bien dormi. À l'extérieur, le ciel semble vouloir inonder Bodø en s'acharnant à verser des trombes d'eau. Quel choix judicieux de rester ici pour une journée de pause ! Je fais une lessive, un tour au centre-ville qui se termine dans un café accueillant ; il n'y a décidément pas grand-chose à visiter, seul la librairie mérite qu'on s'y attarde, son architecture lui confère une silhouette de cathédrale littéraire. En fin de matinée, je vais m'enquérir des horaires des ferrys pour la traversée du lendemain demain. En sortant de l'auberge de jeunesse, je croise un groupe de Françaises qui discutent, dont deux sont à vélo. Attiré par la possibilité de socialiser un peu, je m'invite dans la conversation. Nous échangeons, puis allons prendre un café dans la gare non loin. Je partage ensuite le repas avec l'une d'elles, Fabienne. Elle est partie de Paris et projette également la traversée de îles Lofoten. Ayant prévu le même itinéraire, nous décidons de repartir ensemble le lendemain par le ferry de 11 heures.

8 juin 2023

Après une matinée de traversée, nous débarquons en début d'après-midi à Moskenes, dans la partie sud des îles Lofoten. Le vent souffle, il fait frais et la pluie ne nous épargne pas. Nous avons l'objectif de rejoindre Reine, l'un des plus beaux villages des Lofoten, depuis lequel une jolie randonnée mène à Reinebringen : un point de vue perché à plus de 300 mètres d'altitude avec une vue à couper le souffle sur le petit village et les fjords alentour. Nous posons nos vélos et nous mettons en route. À mi-chemin, Fabienne fait marche arrière, le vertige est plus fort qu'elle, elle redescend tranquillement pendant que je monte d'un bon pas. Arrivé sur la crête, je découvre d'en haut la splendeur des Lofoten. Cette vue vient justifier mes efforts ! Les lumières sont belles, les bleus dégradés se mélangent aux verts intenses des montagnes, et le village de Reine semble sortir de nulle part. La météo n'invite pas à la flânerie. Le chemin, assez raide, est fait de grandes marches, je sens mes cuisses chauffer. Voilà plus de deux mois que je ne fais que pédaler, mon corps semble ne plus se souvenir qu'il peut aussi marcher. J'aurai, après cette petite randonnée, des courbatures insupportables et douloureuses durant plus de quatre jours. Nous récupérons nos vélos et visitons Reine, il pleut, alors le Tapperiet Bistro nous tend ses bras. Une petite maison de bois couleur ocre, cadres de fenêtres et portes blancs, sur l'auvent le drapeau norvégien ainsi que l'étendard arc-en-ciel de la communauté LGBT flottent au vent. La terrasse en bois est déserte, la météo n'invitant pas s'y poser. À l'intérieur, le lieu est accueillant, décoration du type intérieur de bateau, lumière chaleureuse, banquettes confortables. Le bar propose des bières locales. Ça tombe bien, on a soif et c'est l'heure de l'apéritif ! Bière Lofotpils, limonade et viande séchée de renne nous font le plus grand bien. Hydratés et réchauffés, nous repartons sous une météo plus clémente. Il est temps que nous nous mettions à la recherche de notre premier bivouac dans les Lofoten. Après quelques kilomètres seulement et dans un décor somptueux, nous trouvons le lieu idéal au bord de la mer. C'est magique, nous montons nos tentes sur un replat surplombant la mer et prenons le repas ensemble. Des loutres nous surprennent, qui nagent à quelques mètres de là. Le ressac et les mouettes nous bercent durant cette nuit polaire. Après un petit déjeuner avec vue sur la mer, nous reprenons la route. Les paysages matinaux des Lofoten sont somptueux et tiennent leurs promesses. Après chaque virage, une nouvelle carte postale nous est proposée. Tantôt les montagnes abruptes au dégradé de verts semblent vouloir se jeter dans le fjord, tantôt des plages au sable blanc immaculé nous invitent à la baignade. La mer et son camaïeu de bleus varient parfois jusqu'au vert turquoise. Des petits villages traditionnels de pêcheurs à la couleur ocre si emblématique dans ces contrées septentrionales. La faune, elle non plus, ne nous laisse pas indifférents : un aigle marin nous survole, des loutres nagent sous notre bivouac, des rennes paissent dans les forêts et, plus rare, un élan fuit à notre arrivée. La diversité d'oiseaux est incroyable, de nombreux échassiers font ripaille lorsque la mer se retire, les mouettes et goélands s'envolent d'un coup d'ailes à notre passage, jouant avec le vent. Seul le fameux macareux moine, l'oiseau emblématique de ces latitudes, reste invisible. Pour le voir, il faut affronter la mer et se rendre auprès des îlots sauvages sur les falaises abruptes desquels ils trouvent calme et sécurité pour se reproduire et nicher jusqu'à la fin de l'été. Bref, la nature est somptueuse !

10 juin 2023

La journée se déroule comme dans un conte de fées : le ciel est bleu azur, le soleil brille, il fait une température estivale. Nous cheminons le long du Skifjorden, puis du Rolvsfjorden. La vue sur les montagnes se jetant dans les fjords est à couper le souffle. Les sommets verdoyants culminent entre 400 et 700 mètres d'altitude. La route nationale numéro 1 se fraye un chemin entre la mer et les pentes abruptes. Durant près de 40 kilomètres, nous roulons au paradis, traversant les îles de Vestvågøya et Gimsøya, puis Austvågøya. À la sortie d'un virage, non loin de Rørvika, un petit hameau aux maisons de bois ocre, une magnifique plage se présente en aval de la route. Le sable blanc et les eaux turquoise nous invitent à la baignade. C'est sans hésiter que nous nous jetons à l'eau et profitons de ce que la nature nous offre. C'est splendide et tellement bénéfique de se baigner dans une eau si fraîche (plus ou moins 12 degrés !). Après cette petite pause balnéaire, nous reprenons nos vélos, au kilomètre 60, nous traversons le petit village de Kabelvåg avant d'arriver à Svolvær. Considérée comme la capitale officieuse des Lofoten c'est la plus grande ville, avec plus de 4 700 habitants. Svolvær est également le principal centre de transport. Après Leknes et Røst, c'est la seule agglomération des Lofoten à disposer d'un aéroport proposant des vols quotidiens vers et depuis Bodø, ainsi qu'Oslo en haute saison. Le Hurtigruten, bateau de croisière emblématique des côtes norvégiennes, y fait escale tous les jours. Bien que Svolvær soit la plus grande ville des îles Lofoten, elle n'en reste pas moins une bourgade confortable, à l'atmosphère de village. Entourée de montagnes comme la célèbre Svolværgeita (qui signifie « chèvre de Svolvær ») qui culmine à 356 mètres. Les montagnes verdoyantes qui l'entourent créent un cirque orienté sud, face à la mer. Le port est convivial et très agréable, les bateaux de pêche amarrés aux pontons de bois offrent une vision de carte postale. La pêche représente toujours une industrie importante à Svolvær, mais le tourisme est devenu au fil des ans une source majeure de revenus. Grâce à Instagram et à d'autres plateformes de médias sociaux, les îles Lofoten et Svolvær figurent sur la liste des lieux à visiter.

Je dois trouver un magasin de sport, car mon réchaud à essence ne fonctionne plus. Depuis hier soir la pompe mettant la pression dans la bouteille est défectueuse, malgré tous mes efforts pour la réparer. Non loin du port, je trouve un magasin *outdoor*. C'est exactement ce que je cherchais ! Je demande d'abord à la vendeuse s'il est possible de faire une réparation. Mais personne ne semble pouvoir m'aider, alors avec la permission de la vendeuse je rejoins l'atelier et tente une énième réparation, en vain. Je me dirige alors vers le rayon des réchauds et trouve la pompe en question, vendue à un prix exorbitant. À côté, un réchaud à gaz de marque norvégienne proposé à moins de 30 francs. La vendeuse m'assure qu'il est de bonne qualité. Je n'hésite pas et j'achète une bombonne de gaz par la même occasion. Sans attendre, je me rends au bureau de poste et j'envoie chez moi le réchaud défectueux, la bouteille à essence et quelques éléments dont je n'ai plus besoin. Me voilà soulagé, car le réchaud est l'élément indispensable pour pouvoir manger chaud durant mes bivouacs. Une fois ce problème réglé, nous nous rendons au port de Svolvær pour y prendre un peu de bon temps. Nous profitons d'une terrasse au soleil et de la vue sur le port, le flux de touristes y est déjà très dense en ce début de saison. Une fois reposés, nous reprenons notre aventure cycliste. Il est temps de trouver un lieu de bivouac. Il est évident que la ville ne nous l'offrira pas. Nous roulons quelques minutes, effectuons quelques achats alimentaires, faisons le plein d'eau chez un particulier bienveillant qui m'a indiqué une plage à la sortie de la ville. Nous la découvrons après à peine quelques minutes de vélo. L'endroit est magnifique. En Norvège, il est permis de camper n'importe où dès lors que l'on est à plus de 200 mètres d'une habitation. Nous nous installons en prenant bien soin de tenir compte de la marée. Bien que cette dernière soit faible, nous ne souhaitons pas être réveillés par la montée des eaux. Chacun monte sa tente à distance, et nous nous installons pour cuisiner au milieu. La mer est calme, la nuit polaire est claire, et la vue sur les montagnes alentour, somptueuse. Je n'ai monté que la partie intérieure de ma tente, pour avoir la sensation de dormir à la belle étoile tout en étant protégé des moustiques. Nous sommes fatigués, la journée a été extraordinaire et nous en avons pris plein les yeux. Nous avons pédalé près de 70 kilomètres dans un décor de carte postale. C'est heureux que nous rejoignons nos tentes et sacs de couchage. Le marchand de sable n'a pas besoin de passer, nous sommes couchés dessus.

Le jour suivant est semblable, une journée de rêve, les fjords profonds et les montagnes verdoyantes défilent. Nous cheminons joyeusement à travers ces paysages. Nous roulons à bonne allure le long du Austnesfjorden jusqu'au débarcadère de Fiskebøl, où nous attendons le ferry pour Melbo. Dans l'après-midi, la météo change, des nuages succèdent au ciel bleu, et un vent de plus en plus fort se lève, rendant la mer très agitée. Puis c'est au tour de la pluie de venir nous rappeler que nous nous trouvons au nord du cercle polaire. C'est une véritable tempête qui se lève, nous promettant une traversée en ferry agitée. La mer est déchaînée, nous nous demandons comment le ferry va pouvoir accoster au débarcadère dans de telles conditions. Le capitaine semble rompu à ce type d'exercice. Nous embarquons. Je n'aime pas la houle et je ne tarde pas à me sentir nauséeux. Je m'allonge et ferme les yeux jusqu'au débarquement à Melbo. Je suis rassuré de reprendre mon vélo et de retrouver la terre ferme. Mais le vent ne faiblit pas et c'est en défiant ce dernier que nous roulons jusqu'à Stockmarknes. C'est dans la tempête que nous montons nos tentes dans le camping en sortie de village. Les rafales s'intensifient, nous devons à plusieurs reprises refixer nos tentes en ancrant bien nos sardines dans le sol. Je passe la soirée et la nuit sous ma tente à l'abri des vents violents et des trombes d'eau.

12 juin 2023

Nous repartons le lendemain sous une météo mitigée, suivant toujours l'EuroVélo numéro 1. Après presque 30 kilomètres, nous arrivons dans la localité de Sortland, où nous nous offrons le café du matin, c'est aussi l'occasion de nous réchauffer. À Dragnes, nous devons traverser deux ponts successifs pour rejoindre Risøyhamm, des viaducs balayés par les vents. Ces derniers atteignent plus de 80 kilomètres par heure, le vent qui traverse les balustrades émet un sifflement aussi puissant qu'impressionnant. Chahutés, il nous est impossible de rester sur nos vélos. Nous posons pied à terre et traversons les ponts en poussant nos destriers. En fin de journée, nous plantons nos tentes sur la pelouse de l'église de Bjørnskinn. Adossés à la maison du Seigneur et à l'abri du vent, nous cuisinons et dormons, bien installés.

La météo, clémente durant les premiers jours de notre périple dans les Lofoten, change vite. Ici, on peut vivre les quatre saisons durant le même jour. Un soleil éclatant peut soudainement réchauffer la journée, puis un rideau de pluie grisâtre transformer l'été en automne. Au détour d'une bosse ou d'un repli de terrain, le grésil dans le visage et une température plus fraîche nous amènent l'hiver. L'éclaircie qui suit fait éclore la nature, ses couleurs multiples et ses parfums nous apportent le printemps.

Il ne nous aura fallu que six jours pour parcourir les Lofoten, un peu plus de 350 kilomètres de vélo à traverser des îles, longer des fjords encaissés et verdoyants, passer des cols venteux et glacials, des soirées où les nuits polaires de juin offrent des lumières chaleureuses. Toutes ces îles sont reliées par des ponts parfois impressionnants, des tunnels qui plongent sous la mer, des ferrys affrontant les eaux agitées lors de tempêtes. Les Lofoten ont tenu toutes leurs promesses. J'en avais rêvé et je m'étais fixé ces îles comme un objectif intermédiaire. Je suis heureux de ne pas avoir changé d'itinéraire lorsque la météo me faisait douter, alors que j'étais encore en Suède. Le seul bémol de ce coin de paradis fut la circulation abondante de camping-cars. Ces derniers sont nombreux, même au début du mois de juin. Je n'ose pas imaginer l'affluence en plein été ! C'est l'un des seuls endroits durant plus de 5 000 kilomètres où j'ai vraiment eu peur de me faire renverser. Un camping-car m'ayant frôlé en se rabattant sur la droite a bien failli me faire tomber.

Nous faisons halte à Bleik, avant-dernier village des Lofoten. Le camping est accueillant et fait face à la mer. J'en profite pour aller marcher et m'imprégner de cette nature sauvage. Les éléments semblent se déchaîner, le vent du large est soutenu, des vagues immenses viennent se jeter contre les falaises déchirées. Je prends un chemin escarpé avec l'espoir d'observer une colonie de macareux moines. En vain, ils sont farouches et n'aiment pas être dérangés, ils sont accumulés sur l'île isolée qui se trouve en face. J'ai souhaité aller les voir sur l'île Bleiksoya au large du village de Bleik, mais la mer était déchaînée ce jour-là, et les creux m'ont dissuadé de prendre le bateau. J'aime cet environnement sauvage, austère. Je me sens tout petit et fragile, mais ô combien vivant face à tant de beauté !

L'EuroVélo numéro 1 que nous suivons nous mène à Andenes, dernière étape de notre traversée des Lofoten. C'est sous la pluie et le froid que nous arrivons dans ce petit village, nous souhaitons embarquer sur le ferry. En attendant ce dernier, nous parcourons le centre, visitons le phare, une échoppe de produits-souvenirs qui fait également office de musée. Nous dénichons un café bien chaleureux qui nous fera patienter. C'est en début d'après-midi que nous embarquons dans le ferry, une traversée de près de deux heures pour rejoindre l'île de Senja. Réputée très sauvage et moins touristique, l'île de Senja devait nous surprendre et nous offrir ses plus beaux fjords. Malheureusement, la météo nous la rendra grisâtre. Un ciel chargé et bas, une pluie constante et une traversée de col glaciale. Mais c'est la réalité du voyage à vélo, en particulier au nord du cercle polaire.

La météo rend parfois le moment encore plus intense, les bivouacs encore plus vrais, les journées plus difficiles, et ce sont souvent ces circonstances qui créent des souvenirs indélébiles. Je me suis surpris à apprécier les traversées de tunnels, parenthèses sèches durant les journées de pluie. Nous reprenons le ferry pour l'île de Kvaløya ; une fois traversée, c'est par un énorme pont que nous rejoignons Tromsø, ville qui est aussi une île. Cette dernière étape se clôt après plus de 90 kilomètres. La porte du Grand-Nord s'ouvre, quelle récompense et quelle satisfaction ! Il me reste 500 kilomètres à parcourir, ce n'est rien et en même temps si loin.

15 juin 2023

Arriver à Tromsø, c'est comme gagner une demi-finale : c'est magnifique, mais le plus dur reste à faire. Alors je m'offre quelques jours de repos avant d'affronter cette dernière étape qui s'annonce aussi difficile qu'extraordinaire. Non seulement très vallonnée, la route est aussi sauvage, avec peu d'habitations, c'est la nature, le désert du nord, la taïga et les fjords. Il faudra également passer plusieurs tunnels, dont un de plus de 7 kilomètres passant sous la mer, qui descend à -220 mètres, avec une pente à 10 pour cent en descente, puis à la montée. Mais tous ces éléments ne font qu'exacerber ma motivation ainsi que ma volonté d'aller jusqu'au bout, de pédaler jusqu'au cap Nord. Depuis quelques jours, je sens que cette aventure va arriver à son terme, que l'objectif approche, je ressens et j'apprécie le chemin parcouru, j'en suis fier. Je me sens bien, tant physiquement que mentalement. Il faut cependant rester concentré, éviter l'accident qui peut tout faire basculer. Alors bien que savourant chaque étape comme une petite victoire, je reste focalisé sur ce qu'il me reste à parcourir.

J'aurai pédalé plus de 500 kilomètres au côté de Fabienne, la Parisienne qui, pour ses 60 ans, s'est offert le cap Nord. Elle n'a aucune expérience du vélo longue distance, aucune idée de la lecture de carte ni de l'utilisation du GPS reçu de son fils juste avant son départ. Elle sait à peine où se trouve l'est ou l'ouest. Elle se perd dans une ville à deux rues principales, voyage avec un équipement médiocre et bon marché : un vélo qui n'est pas adapté pour ce type de voyage, un dérailleur avec un développement de vitesses qui l'oblige à marcher lorsque la pente dépasse les 10 pour cent, des phares chancelants qui ne lui offrent aucune visibilité dans les tunnels. Mais Fabienne est et reste définitivement enthousiaste, rien ne l'arrête, tout est opportunité, tout est chance et bonheur. Sous la pluie comme sous le soleil, elle reste positive et souriante. Se tromper de route et parcourir des kilomètres supplémentaires ne font que renforcer sa motivation. Son équipement comme son vélo ne sont que des accessoires, elle fait fi des chimères du marketing des marques de matériel *outdoor*. Elle ne les connaît même pas ! J'aurai pris une belle leçon, moi qui pour me rassurer m'offre un matériel de qualité très coûteux, qui ne m'est d'aucune aide lorsque mon moral flanche. Nous aurons passé une semaine ensemble, et ce fut un plaisir de partager une partie de mon aventure avec Fabienne. Son enthousiasme contagieux m'a parfois amené à gommer mes coups de moins bien, à relativiser, car j'ai l'expérience, je suis entraîné et je suis équipé avec du matériel technique ainsi qu'un vélo adapté. Alors en sa compagnie, quand le mental flanche, je mets mon poing dans ma poche et garde le sourire. En contrepartie Fabienne s'appuie sur moi, ma présence la rassure. Elle me suit et se laisse guider. Je sens que je suis son phare durant ces quelques jours. Il est temps que nous nous séparions afin que chacun reprenne son aventure. Bravo Fabienne, la Parisienne fut un exemple de combativité, de résilience et de volonté ! Je sais que nous allons nous revoir, au cap Nord ou autour d'un café à Paris. Merci pour ton optimisme permanent et pour ce partage.

19 juin 2023

Je repars de Tromsø seul, désirant finir mon aventure comme je l'ai commencée, afin de la vivre profondément. Il fait grand beau, le ciel est d'un bleu intense, et la lumière, magnifique. Je m'arrête au port pour prendre des photos et filmer quelques instants avant de quitter la localité. Fabienne me rejoint. Je la guide sur quelques kilomètres pour sortir de la ville, nous franchissons le pont de Tromsø, long de plus de 1 000 mètres et d'une hauteur de plus de 80 mètres. Au bout de ce dernier, on s'arrête pour observer l'emblématique cathédrale arctique de Tromsø. Puis j'appuie un peu plus fort sur mes pédales, et la distance avec Fabienne se creuse. Je ne l'aperçois plus dans mon rétroviseur. Je continue et j'avale boulimiquement les kilomètres. Je suis décidé à faire une grosse journée, bien déterminé à rouler durant la nuit polaire. Je souhaite vivre cette expérience incroyable d'observer le soleil alors que je roule à minuit. Après une trentaine de kilomètres, je bifurque pour rejoindre le fjord Ullsfjorden et prendre le ferry, à plus de 10 kilomètres de là. Je prends soin d'envoyer un message à Fabienne pour qu'elle tourne aussi et ne suive pas le panneau cycliste qui indique tout droit. Je soupçonne qu'elle s'est trompée à cet endroit, ce qui a dû rallonger son étape de près de 30 kilomètres, le ferry offrant un chemin plus direct ainsi qu'une pause magnifique. Je file et j'arrive cinq minutes avant que le bateau ne parte. Super timing. La traversée effectuée, j'arrive aux Lyngen Alpes, un endroit que je connais, car j'y suis venu déjà deux fois pour faire du ski de randonnée. Je reconnais certaines montagnes et un glacier sur lequel j'ai skié. Les lumières sont intenses et soutenues, le ciel est bleu, le soleil brille et il fait chaud. C'est une journée magnifique et j'en profite au maximum. Je fais de bonnes pauses, car rouler jusqu'à minuit va être long. Au détour d'un fjord, je m'arrête au bord de la mer. Un petit chalet semble m'inviter à me poser un moment. Je ne me fais pas prier et m'installe dans l'herbe. Je baigne mes jambes dans le Lyngenfjord - à cette latitude je suis entre la mer de Norvège et celle de Barents -, j'observe les oiseaux. C'est la période des naissances, je sens l'excitation des oiseaux qui semblent m'indiquer de ne pas trop m'approcher de leurs petits. Confortablement allongé dans l'herbe, bercé par le ressac et la brise marine sur mon visage, je fais une sieste de près de deux heures avant de reprendre la route. Il est 17 heures, et la journée est encore longue. Je roule tout en appréciant les paysages variés. Ça monte, ça descend. Je longe des fjords d'un côté, puis de l'autre. En fin de soirée, le calme s'installe, la nature se prépare à la nuit polaire. Il n'y a presque plus de circulation, ce qui est très appréciable, la lumière du soleil rasant l'horizon est apaisante. Juste avant minuit, je débusque un endroit idyllique perché en haut d'une falaise pour planter mon bivouac. Je profite d'un surplomb qui m'offre une vue plein nord. La mer comme seule vision laissant l'entière place au soleil de minuit pour rebondir sur l'horizon avant d'entamer une nouvelle journée. Il est 1 heure du matin quand je me glisse dans mon sac de couchage. Je peine à m'endormir tellement le spectacle est grandiose. Je laisse la tente ouverte côté mer et m'endors au son des vagues qui s'échouent contre la falaise en contrebas. Au petit matin, face au spectacle d'une nature qui s'éveille, je prends le temps de me faire un café, chauffer de l'eau pour mon muesli et savoure ce moment. Vers 8 heures, une fois mes affaires rangées, je reprends mon itinéraire, je sais que la journée sera très longue, avec deux gros cols à passer, dont celui de Kvænangen, qui culmine à 401 mètres entre Tromsø et Alta. L'endroit est magique, avec une vue dégagée sur le fjord du même nom. La mer est bleu marine, le ciel, bleu clair, les montagnes sont, elles, encore parsemées de neige pour rappeler qu'ici c'est le nord : l'hiver ne laisse qu'un espace aussi éphémère que futile à l'été. Puis je chemine sur cette route qui, comme un sillon, traverse ces contrées reliant un fjord à un autre. À cette altitude et cette latitude, on retrouve une nature épurée, plus un seul arbre, uniquement de la mousse, du lichen et de la roche pour trancher avec les bleus de la mer et du ciel. Le soleil est puissant, il tape. Mon corps n'est pas habitué à cette chaleur presque étouffante. Je souffre dans les montées. Mais ici la chaleur n'est qu'éphémère, il suffit de passer le col, d'attaquer la descente, d'être sur une pente ombragée ou dans un courant d'air au fond d'un fjord, et la fraîcheur me rappelle que je suis aux confins nord de l'Europe. Je viens de passer le petit village d'Isnetoften, qui se trouve à une latitude de 70° 13′ 40″ alors que le cap Nord se situe, lui, à 71° 10′ 21″. Mais, de là, il faut redescendre jusqu'à Alta pour ensuite remonter sur le cap. La route continue et je roule jusqu'au fjord d'Alta, j'y ai repéré un camping en bord de mer. J'y arrive vers 16 heures, il fait encore doux. Je monte ma tente et sans hésiter je vais me baigner dans le fjord. L'eau est très fraîche, tout au plus 7 ou 8 degrés. Rien de tel pour la récupération ! J'ai monté ma tente sans la toile de protection pour profiter de la vue sur le fjord, de cette magnifique luminosité, ainsi que des bienfaits de la brise venant caresser mon visage. Pendant ma somnolence bienfaisante, Léo a installé son bivouac non loin de moi. Nous engageons la conversation. Léo est belge, il pédale également en direction du cap Nord sur son vélo électrique. Cela fait quelques jours que nous nous croisons sur les routes. Nous nous retrouvons plus tard dans la salle commune et, pendant que je mange, lui cuisine. J'engage la discussion, car il n'est pas très loquace, il semble timide. Léo paraît surpris lorsque je lui demande s'il parle le français, il me dit d'un ton vif qu'on parle flamand en Belgique. Je sais que ce pays est un peu divisé par les langues, mais Léo paraît, lui, presque volontairement ignorer qu'une partie de son pays parle le français ou l'allemand. Ses 73 ans expliquent peut-être cela. Malgré tout, Léo semble bien dans son voyage, il a ses petites habitudes, je sais qu'il ira jusqu'au bout de son périple.

20 juin 2023

Après une nuit réparatrice, c'est le bruit de Léo rangeant ses affaires qui me fait sortir de mon sac de couchage. Le ciel s'est quelque peu couvert, et la météo annonce de la pluie sur Alta vers 14 heures. J'ai plus de 90 kilomètres à parcourir aujourd'hui, alors il est temps de partir. Je suis efficace et motivé. Je prends le petit déjeuner dans la salle commune où j'oublie ma machine à café italienne Moka, je m'en rendrai compte trop tard, ayant déjà trop roulé pour opérer un demi-tour, alors je m'en passerai, même si ça me brise le cœur. La route longe le fjord, les quelques tunnels peuvent être évités grâce aux anciennes routes côtières transformées en voies pour cyclistes. Je fais une halte au village de Talvik pour m'acheter un café et un rouleau à la cannelle. Devant le magasin, je rencontre Nathan, croisé furtivement au camping hier. Très discret, Nathan a 21 ans. Suisse lui aussi, il est parti de Zurich pour rejoindre le cap Nord. Assis sur un banc devant le magasin, nous discutons. Je suis certain qu'il a pris le tunnel pendant que je prenais la route de contournement, car il m'a dépassé sans que je le voie. J'ai un peu de peine à comprendre sa motivation, sans doute le gain de temps. Nous prenons ensemble la route de contournement du prochain tunnel, après quelques kilomètres, je vois Nathan arrêté au milieu, derrière lui un trou béant coupe la voie en deux sur 30 mètres : le résultat d'un éboulement dû à un glissement de terrain. Ni lui ni moi ne sommes motivés par un retour en arrière. Je repère un chemin improvisé qui semble contourner l'éboulement en amont, mais le début est très escarpé, impraticable à vélo. Nous partons observer l'état du chemin à pied, puis revenons chercher nos montures. Nathan, équipé bien plus légèrement que moi, pousse son vélo et prend le large. Je ne le reverrai que dans la soirée, au camping d'Alta. Pour ma part, une étincelle m'incite à sortir ma caméra, cette scène fera une jolie anecdote dans le film que je prépare. J'installe mon trépied et ajuste mon appareil. Puis je décharge mes sacoches que j'apporte à mi-chemin, je reviens chercher mon vélo et déplace la caméra pour filmer la suite, je m'aperçois très vite que l'endroit est infesté de moustiques. Je suis assailli, alors j'accélère pour terminer la manœuvre et dépose le tout sur la route de l'autre côté du trou, mais une nuée de moustiques semblent crever de faim et vouloir faire pitance d'un cyclovagabond. Cela me stresse, alors je fais n'importe quoi avec mes sacoches qui ne veulent pas se fixer. J'avance en poussant mon vélo, mais les moustiques me suivent. Une fois toutes mes affaires fixées, je prends la route. Ouf ! me voilà sorti d'affaire, mais piqué de toutes parts. J'arrive à Alta en fin de journée. Après avoir fait des courses alimentaires, je roule encore jusqu'au camping à la sortie de la ville. Contrairement aux prévisions, il fait beau et j'installe ma tente sous les sapins. Puis s'écoule une soirée tranquille ; je cuisine des pâtes avec quelques légumes, je me balade en bord de mer et profite de la belle soirée ensoleillée.

Je ne sais pour quelle raison ma nuit est médiocre, je me lève fatigué. Il faut dire que j'ai relié Tromsø à Alta en trois jours en parcourant environ 100 kilomètres par jour. Malgré la belle météo, je ne ressens aucune envie de repartir ce matin, alors je prends le temps et j'attends midi pour me décider. Je ne suis aucunement pressé, cependant la météo favorable annoncée au cap Nord ces prochains jours m'encourage à y aller au plus vite. Finalement, je reste une nuit supplémentaire en espérant que j'aurai la météo que je mérite le moment venu.

Je passe une journée de repos très agréable, il fait beau et je prends le temps d'écrire ainsi que de me reposer. Je sens mon esprit au ralenti. Je suis un peu comme le cheval devant l'obstacle, j'hésite et je tergiverse sachant que les étapes jusqu'à l'objectif seront rudes : du dénivelé, du vent, le fameux tunnel du cap Nord et près de 230 kilomètres. Peut-être que ce ne sont pas les éléments ni la géographie qui me font peur, mais la perspective de terminer l'aventure, d'y mettre un point final, de toucher mon rêve.

22 juin 2023

Je me réveille à 4 heures du matin, après une nuit réparatrice. Un cycliste en partance m'a réveillé, alors je fais de même, motivé comme jamais. Je veux en découdre, ma motivation est décuplée. En une heure j'ai tout préparé, à 5 heures je roule. D'abord une première heure le long du fjord, c'est calme, la lumière est magnifique, le soleil est encore timide, mais bien là. Le ciel est d'un bleu dense et la mer est un miroir reflétant les contreforts du fjord. Le paysage semble flotter dans l'air, c'est un de ces matins qui promettent une belle journée. J'ai de bonnes jambes, j'attaque le premier col avec facilité, ce dernier mène sur un plateau dégagé qui semble aboutir au bout du monde. Seule la route déchire le paysage, unique repère à travers cet immense désert. Plus un arbre, seules les herbes et la mousse semblent résister au climat de cette contrée. Isolé dans cette étendue désertique et aride, je suis euphorique et heureux. Le vent arrière facilite ma tâche, je vole. J'arrive au village de Skaidi, composé de trois maisons, d'une station-essence et d'un camping. Je m'arrête faire le plein de victuailles à la station et me pose sur le banc juste devant. Je discute longuement avec un cycliste hollandais qui rentre du cap. J'ai déjà avalé 75 kilomètres. Je me sens bien, je suis en forme, alors j'attaque le deuxième col, qui me fait basculer dans une vallée boisée et verdoyante, la route longe une rivière sauvage. J'appréhendais ces montées, mais les voilà derrière ! La lente descente est très belle et je débouche rapidement sur Olderfjord. Même constat : trois maisons, un camping, une station-essence avec supérette où je fais halte. J'ai déjà roulé près de 100 kilomètres et je me sens toujours en pleine forme. Mes idées et mes pensées sont claires, limpides et axées sur ce que je vis : mon rêve, mon projet, mon voyage. Cette journée est extraordinaire et j'en garde l'un des plus beaux souvenirs de mon périple. Aujourd'hui, j'ai des ailes. Je sens que j'ai laissé sur le chemin parcouru mes peines, mes pleurs, les moments difficiles qui m'ont poussé à tout quitter et à prendre mon vélo. Je laisse définitivement derrière moi les licenciements, la nage à contre-courant, les secrets, les regards fuyants masquant la confidentialité, les larmes de ceux qui ont perdu leur travail. Aujourd'hui, j'ai des ailes, et le bonheur est palpable.

Je décide de pédaler le plus loin possible. Plus je me rapproche du tunnel, plus je pourrai le passer tôt demain matin. Ce dernier ne m'inspirant rien de bon, je me motive et j'avance. Cette partie, le long de l'Olderfjord, est magnifique. Je ne vois pas le temps passer. Je prends des photos, je filme et j'utilise le drone, bref, j'en profite. Je m'attarde sur une falaise et grimpe sur les talus pour prendre de la hauteur et apprécier la vue. Durant l'après-midi, longeant le fiord, j'observe des dauphins qui eux aussi vont au nord. Les couleurs sont éclatantes, la nature me fait l'offrande d'une journée grandiose. Plus tard, j'aperçois une plage en contrebas : voilà le lieu parfait pour passer la nuit ! Je descends un petit chemin pédestre et traverse un ruisseau avant de trouver une place plate pour poser ma tente. Il fait beau, le soleil brille, la mer est calme et il fait encore chaud. J'en profite pour aller me baigner dans la mer de Barents, petit bain qui fera office de douche, je me rince dans la rivière d'eau douce qui vient se jeter dans le fjord. Me voilà presque propre. Assis devant ma tente, je fais face à l'immensité. Je contemple, j'admire et apprécie le spectacle. Le calme résonne en moi, apaisé, le bonheur m'étreint, j'ai envie de crier ma joie. Je mange et m'installe pour la nuit. Je suis réveillé depuis 4 heures du matin, il est 21 heures et j'ai parcouru près de 150 kilomètres. Le marchand de sable peut rester chez lui, nul besoin de ses services. Je m'endors rapidement.

16 - À CHACUN SON CAP NORD

> « On ne rencontre pas les gens parce que l'on voyage, on les rencontre par notre disponibilité et notre ouverture d'esprit. »
>
> Patrick Sumi

L'arrivée en Norvège et l'approche des fjords bordant la mer de Norvège ainsi que celle de Barents plus au nord coïncident avec un flux touristique plus soutenu. Je rejoins également une route mythique pour les cyclovoyageurs, l'EuroVélo numéro 1. Un itinéraire qui démarre au sud du Portugal et qui, longeant l'océan Atlantique, traverse l'Espagne, la France, l'Irlande, le Royaume-Uni et la Norvège. Beaucoup de cyclistes se contentent du parcours norvégien. Depuis que j'ai rejoint cet itinéraire, je rencontre tous les jours des cyclovoyageurs qui presque unanimement se dirigent vers les confins de l'Europe : une sorte d'aimant qui attire tous ceux qui désirent vivre une expérience forte, l'aventure ultime, aller au bout de notre continent. Le cap Nord est un but pour bien des touristes. Ces derniers viennent en car grâce à des voyages organisés. D'autres, par transport individuel, en voiture, en camping-car pour les plus anciens, les retraités. Les plus jeunes privilégient le van, donnant au voyage un côté aventure et moderne. Pour les motards qui, emmitouflés dans leur cuirasse, taquinent les gaz de leurs motos surpuissantes, le cap Nord est plus facile, il n'est qu'un point sur la carte, à cocher pour l'ajouter à la liste des lieux visités. « J'y suis allé, il pleuvait, le vent soufflait, mais c'est beau. » Enfin, il y a les cyclistes, les vagabonds de la route, les forçats du bitume. Dans cette catégorie aussi les motivations et les façons de concevoir le voyage jusqu'à la terre promise diffèrent beaucoup. Pas un seul n'a le même plan, le même itinéraire, le même équipement. Certains voyagent léger et avancent efficacement, avalent les kilomètres sans perdre de temps à visiter, avec pour seul objectif la distance parcourue quotidiennement. Pour d'autres, le cap Nord est un prétexte au voyage, à l'aventure, à la perdition personnelle. Il s'agit de profiter des paysages, trouver le bivouac de rêve, cuisiner à côté de la tente, visiter les villages et boire un café sur les terrasses ensoleillées. On voit des vélos de tous genres, bien entendu, le vrai vélo de voyage comme le mien fait partie des destriers classiques. Mais les choses changent et, selon les motivations, les moyens, le temps à disposition et la façon dont les personnes désirent voyager, les vélos et les matériaux s'adaptent. Tout est question de poids, d'autonomie et de liberté. Le voyageur léger qui va vite doit organiser son logement à l'avance, car il n'a ni tente ni sac de couchage, encore moins de quoi cuisiner. Celui qui possède un vélo de voyage classique est autosuffisant. Dès lors qu'il trouve de l'eau, il jouit d'une liberté totale. Il peut donc à chaque instant saisir l'opportunité du lieu de bivouac qui s'offre à lui. Son fardeau lui permet de dormir n'importe où avec confort, il a à manger pour quelques jours dans ses bagages.

J'ai rencontré Gérard, un Français de Lyon, qui s'offre le cap Nord en trente-quatre jours, soit 4 800 kilomètres de vélo à vive allure pour une moyenne journalière au-delà des 140 kilomètres. Parti de Lyon, il est monté plein nord et a traversé la Finlande pour redescendre par la Norvège. Gérard voyage léger : deux sacoches à l'arrière, un vélo de route en fibre de carbone, des roues de course légères et uniquement 12 kilos de bagages. Pour lui, le bivouac n'est pas une option, il n'a ni tente ni sac de couchage. Il doit chaque jour anticiper son logement du soir et utilise passablement l'application Warmshowers ou les hôtels se situant sur son itinéraire.

Fabienne, avec qui j'ai parcouru les Lofoten, voyageait avec un vélo en aluminium et un équipement inadapté, elle devait parfois finir en marchant lorsque les pentes étaient trop abruptes. Partie de Paris, elle est montée plein nord vers le Danemark, le sud de la Norvège par la côte ouest. Bien que nos parcours soient très différents, Fabienne et moi partageons la même philosophie : profiter, prendre le temps, rencontrer les gens, s'imprégner du moment et des paysages. Pour elle c'est le voyage d'une vie, alors l'année de ses 60 ans, elle réalise son rêve de jeunesse avec une faculté d'adaptation incroyable et un état d'esprit toujours positif.

Rencontré sur le ferry pour Melbo dans les Lofoten, Martin, un Allemand de 70 ans venant de Francfort, a tout vendu dix ans auparavant pour s'acheter son vélo de voyage. Depuis, il part chaque année six mois à travers le monde. Il a fait toute l'Europe, l'Asie et le tour de l'Australie. C'est un routinier, il n'a peur de rien et semble paré à toute épreuve, doté de matériel technique, d'un super équipement de pluie. La navigation GPS ainsi que l'application Komoot n'ont plus de secrets pour lui. Parcourir le monde à vélo à son âge et dans ces conditions, cela force le respect.

Walter et Manders, rencontrés dans un café de bord de route peu avant Bleik, dans les Lofoten, sont deux Hollandais dans la soixantaine, en pleine forme. Ils ont six semaines de vacances pour décrocher le cap Nord. Chacun roule avec un vélo Koga équipé d'un Rohloff (dérailleur mécanique intégré dans le moyeu de la roue), une des marques de référence pour le voyage. Ils ont pris le train pour Hambourg et, depuis, ils pédalent direction le nord via la Norvège, prévoyant de redescendre par la Suède jusqu'à Rovaniemi pour y prendre le train du retour. Ils semblent bien avancer, leur timing est bien entendu limité.

Ce jeune couple rencontré sur le ferry entre les Lofoten et l'île de Senja, des Allemands, à peine la trentaine. Équipement et vélos dernier cri et haut de gamme. Ils alternent cycle et train. En empruntant l'EuroVélo numéro 1, ils ont remonté la côte ouest norvégienne jusqu'au Lofoten. La mauvaise météo de ces derniers jours aura eu le dernier mot : lassés et démotivés, ils abdiquent. Mes arguments pour les motiver à terminer l'aventure ne peuvent rien y faire. Ils ont déjà réservé leurs billets d'avion de retour depuis Tromsø. Je leur suggérais de s'offrir une pause de quelques jours dans un hôtel pour se faire du bien et retrouver la motivation, mais leur budget ne le leur permettait pas. Quel dommage de stopper l'aventure à 500 kilomètres de l'objectif pour des raisons d'argent alors que leur équipement leur a sans doute coûté très cher !

Ce jeune Belge, rencontré à la sortie du ferry sur l'île de Senja, est un métronome de l'organisation, il sait où il sera et quand. Il voyage avec un matériel superléger et technique, un vélo en titane avec vitesses intégrées dans le cadre (type Rohloff) et un équipement réduit au minimum. On reverra sa monture chez un marchand de cycles à Tromsø, qui refusera un service sur nos vélos, prétextant – avec raison – trop de travail. Le Belge avait, lui, préréservé le sien. Il avait décidément tout prévu.

Nathan, jeune Suisse de 21 ans, discret. Il a du temps entre deux phases d'études. C'est une vidéo sur YouTube qui l'a inspiré. Il s'est allégé au maximum avec un vélo en aluminium et un minimum de bagages tenant dans les deux sacoches arrière, une tente ultralégère. Il pédale en Crocs ! Et il avance bien. Parti de Zurich début mai, soit un mois après moi, il n'a pas traîné pour me rattraper. Il a choisi le parcours plein nord qui traverse l'Allemagne, une variante directe, bien plus courte que la mienne. Nous avons roulé un petit moment ensemble jusqu'à ce que nous arrivions à une route qui était coupée par un éboulement, un trou béant jusqu'à la mer. Lui, plus léger et surtout plus jeune, a poussé son vélo sur un chemin pédestre improvisé traversant la forêt en amont. Moi, il m'a fallu enlever les sacoches, traverser en portant mon vélo, puis répéter l'opération avec mes bagages. Bref, il est plus rapide. Je l'ai retrouvé au camping le même soir. Je le croiserai à mon retour du cap Nord. « J'ai le temps, me dit-il, on vient me chercher au cap. »

Puis vient Léo : le dos voûté, pantalon et chemise de randonnée beige, gilet jaune de sécurité, il sort du lot avec son look atypique. Léo est belge, et nous nous sommes croisés durant plusieurs jours, voire des semaines. La première fois, je l'ai vu à la sortie du ferry entre Bodø et Moskenes au sud des îles Lofoten, j'ai été surpris par son allure de baroudeur à vélo électrique. Puis on s'est dépassés mutuellement à l'arrivée au col de Kvænangen, entre Tromsø et Alta. Lui, serein, avance comme un métronome. Certes son vélo électrique l'aide. Il me raconte avoir commencé le cyclisme sur le tard. Il a tout d'abord acheté son vélo électrique pour un court voyage, puis s'est lancé dans une traversée des Alpes jusqu'à Rome, et maintenant un voyage jusqu'au cap Nord. Sa seule contrainte, me dit-il, c'est de dormir en camping afin d'avoir de l'électricité pour recharger les batteries de son vélo. Je suis admiratif : du haut de ses 73 ans et malgré ses genoux fatigués, il semble bien décidé à vivre ses rêves.

Alain, en lequel je me reconnais un peu. Nous avons beaucoup de points en commun : notre âge, notre chemin de vie, notre vision de l'existence et de la gent féminine, notre façon d'appréhender le voyage… Alain est parti de Gap, en France. Il est monté plein nord sur l'Allemagne, le Danemark puis la Norvège ; il prévoit de redescendre par la Suède et la Finlande. Il a du temps, bien que ses amours semblent le préoccuper et pourraient potentiellement perturber son périple. Il voyage très chargé, a tout en double, voire en triple, une boîte à outils qui pourrait rendre jaloux un mécanicien, un vélo solide et tout le matériel nécessaire pour un camping confortable. Il pourrait nourrir une famille durant une semaine avec ses réserves de nourriture, et son vélo a… deux béquilles ! Alain est en bonne forme physique, il pratique régulièrement le *gravel* en compagnie de jeunes. Je l'ai rencontré au camping d'Alta, il prévoyait de monter au cap Nord en trois étapes. Nous nous y sommes retrouvés, et c'est avec plaisir que nous avons partagé des bières aux confins de l'Europe.

Jurge, rencontré à Hammerfest à la sortie du bateau qui me ramenait à Tromsø. Jurge est allemand, il roule sur un vélo classique en acier, équipé de quatre sacoches, le même équipement que moi, pas forcément le voyageur léger. Entre cyclistes, nous nous attirons comme des aimants. Il m'aborde : « J'en peux plus, je suis crevé, j'en ai trop vu et je me réjouis de rentrer. » Il est sur la route du retour, mais n'a pas choisi le chemin le plus rapide. Il souhaite prendre un bus, puis un train et peut-être le bateau. Il se plaint de la dépendance aux nouvelles technologies pour l'achat du moindre billet, lui qui n'a pas de smartphone. Il ajoute : « Il ne fait pas bon vieillir. » Je lui demande son âge, il me répond : « Septante ans. »

Et enfin Serge, avec qui j'ai campé et partagé le repas à notre arrivée au cap Nord. Hollandais, Serge est un roc, un de ces personnages qui ne laissent personne indifférent, il dispose d'une prestance et d'une assurance à toute épreuve. Serge s'est fixé le défi de relier la pointe sud du Portugal au cap Nord par l'EuroVélo numéro 1 en moins de trois mois. Il atteindra son objectif, non sans difficulté. Contraint d'interrompre son aventure durant deux semaines à la mort de sa mère, il reprend ensuite son vélo, s'imposant durant deux mois des journées à plus de 100 kilomètres, sans jour de repos, avant de reprendre son travail début juillet. Serge est pompier professionnel. Il roule sur un vélo Santos léger avec Rolhoff et un équipement limité au minimum. Un ami l'attend à destination pour le ramener. Nous campons ensemble à proximité du cap et nous nous offrons, avec un autre cycliste hollandais, un bon repas avec vue sur le globe du cap Nord. Moment magique de partage d'anecdotes et d'aventures cyclistes.

Toutes ces personnes ont le même objectif, le cap Nord, mais pas les mêmes motivations. Il est difficile d'identifier chez chacun la raison de son voyage en une brève discussion : des vacances, un rêve de longue date, un défi sportif, une thérapie face à l'adversité. Dans tous les cas le voyage est une purge, il nettoie l'esprit. Beaucoup le font discrètement, sans l'annoncer, sans l'afficher sur les réseaux sociaux, d'autres le partagent plus volontiers. Certains, comme Serge, Fabienne et moi, en font un objectif affiché, créant ainsi une pression qui aide et motive à l'atteinte de l'objectif. Chacun trouve sa manière de faire ; dans tous les cas, chacune de ces rencontres est toujours de qualité et un partage agréable, personne ne juge et tout le monde s'entraide sur les chemins du cap Nord.

17 - PEU IMPORTE L'OBJECTIF, C'EST LE CHEMIN QUI COMPTE

« Le bonheur est un rêve d'enfant réalisé dans l'âge adulte. »
Sigmund Freud

23 juin 2023

Aujourd'hui c'est ma dernière étape, alors je me lève très tôt. J'ai volontairement allongé celle d'hier afin de bivouaquer quelques kilomètres avant le fameux et redouté tunnel du cap Nord : long de près de 7 kilomètres, il descend à -220 mètres et remonte sur plus de 3 kilomètres, avec une pente jusqu'à 10 pour cent. Il y fait froid, sombre, humide, et il n'y a pas de piste cyclable. Alors, afin d'éviter une circulation dense, je décide de le passer très tôt. Il est 4 heures lorsque je me réveille spontanément. La lumière est tellement forte par ces nuits polaires qu'il est parfois difficile d'avoir des nuits complètes. Je plie ma tente, range mes affaires, traverse la rivière afin de revenir sur le chemin menant à la route. Le soleil est déjà bien puissant, et les couleurs sont vives. Une tente est installée à côté de la mienne, trois camping-cars sont au bord de la route, mais je suis seul, tout le monde dort encore. Je donne mon premier coup de pédale à 5 heures. Le vent, complice, semble vouloir m'offrir son aide. La nature est sauvage, dénuée de tout arbre, l'herbe courte et la mousse s'accrochent aux rochers. Le bleu du ciel est léger et un peu laiteux alors que celui de la mer m'offre un camaïeu de bleus. La route vallonnée longe le bord de mer qui surplombe des falaises abruptes déchirant le paysage. Je roule, ou plutôt je vole, près d'une heure dans cette atmosphère féerique. Puis la route tourne à l'est et monte légèrement pour contourner un lac intérieur. Dès lors, le vent change d'avis, en un virage il passe d'allié à rival, et ma vitesse s'en trouve subitement réduite à 10 kilomètres à l'heure. Une fois le lac contourné, la route retrouve son cap, celui du nord, et moi mes ailes. Puis, au détour d'un virage, j'aperçois l'entrée du tunnel qui relie le continent à l'île de Magerøya où se trouve le cap Nord ! Je m'arrête sur l'aire de service peu avant l'entrée et je discute avec un Allemand qui vient de le parcourir à pied, il semble fatigué et marqué par cette longue traversée. Il me dresse un tableau peu réjouissant de ce qui m'attend. Mais je ne tergiverse pas et m'équipe, j'enfile ma veste et mon gilet de sécurité, j'allume mes lumières. Inutile de se poser trop de questions. La difficulté est là, devant moi, la traversée du tunnel sera longue et éprouvante, mais je sais qu'au bout se trouve mon objectif, la finalité d'une aventure, d'un rêve, la fin d'une phase difficile et le début d'une nouvelle vie. Je me lance et j'entre dans le tunnel, il fait sombre, humide, et l'air y est frais, après quelques centaines de mètres la route plonge. Je vais tellement vite qu'il me faut freiner. La visibilité n'est pas très bonne et je crains d'être surpris par la qualité médiocre du goudron ou un nid-de-poule. Je suis concentré et me focalise sur mon vélo, la route et mes sensations. Je suis excité par ce que je vis et j'entame ce début de traversée euphorique, heureux d'en découdre. Après plus de 3 kilomètres de descente, la route s'aplatit et la vitesse se réduit graduellement, j'atteins le fond du tunnel à 220 mètres sous la mer, il fait froid et très humide, les gouttes ruissellent et tombent sur la route. Je suis seul, et pour tout dire c'est un peu anxiogène. Je parcours quelques centaines de mètres à plat, trois véhicules me dépassent, et le même nombre viendra en sens inverse. Je suis content d'avoir choisi cet horaire, moins fréquenté, car chaque véhicule fait un bruit assourdissant, ce qui rend l'expérience stressante. Puis la route commence à remonter, et le pourcentage croît à chaque kilomètre. Les deux derniers sont difficiles, avec une pente à 10 pour cent. Mais je ne lâche rien, je sais que mon objectif est à portée de mollets. Les derniers mètres sont intenses, j'appuie sur mes pédales sans relâche. Sur les murs du tunnel sont taguées les distances restantes jusqu'à la sortie : à 500 mètres, je m'accroche, car je veux sortir de là, à 300 mètres la route s'aplatit et je remets du braquet, à 200 mètres de la sortie, je perçois la lumière du jour ; à 100 mètres, je ressens la chaleur de l'air extérieur ; à 50 mètres, je suis ébloui par la lumière. Encore quelques coups de pédales, et le tunnel sera traversé. Voilà, c'est fait, je suis dehors, le soleil réchauffe mon visage et je suis heureux ! Les discussions avec les cyclistes rencontrés ne présumaient rien de bon et je m'étais imaginé l'enfer, la peur, et je ne sais pour quelle raison, j'en avais fait un passage clé vers le succès de mon périple. Je recouvre mes esprits, je roule encore un moment. La vue sur le fjord est superbe, la mer est calme et je perçois au loin le village d'Honningsvåg. Puis, aux abords d'une falaise herbeuse, je fais halte, je me prépare un café et prends enfin le petit déjeuner. Je suis serein, il est 7 h 45, et la journée s'annonce belle.

Il n'y a pas de succès sans échecs. La sortie de ce tunnel symbolise la fin d'une période difficile et longue. Assis sur ce talus d'herbe face à la mer, j'ai l'impression d'avoir laissé dans ce tunnel le fardeau de deux années harassantes. Dans la vie, tout est compensation, tout a un prix. Je suis tombé et me suis relevé à l'issue de ces trois derniers mois de périple qui m'ont permis de me reconstruire. J'ai retrouvé ces derniers jours une force incroyable, la joie de vivre, l'envie d'aller de l'avant. Aujourd'hui, je vis un rêve éveillé, c'est mon aventure, je suis là où j'ai envie d'être, ça me rend fort, je pourrais déplacer des montagnes. Quel bien ça fait !

J'arrive au village d'Honningsvåg. Cela signifie qu'il ne me reste que 30 kilomètres, sans doute les plus ardus avec plus de 1 000 mètres de dénivelé positif ; un chemin de croix adouci par les paysages extraordinaires. À l'entrée d'Honningsvåg, j'aperçois un énorme bateau de croisière entrer dans la baie, prêt à déverser un millier de touristes pour une photo devant le globe du cap Nord. Deux dizaines de cars les attendent, le calme ne va pas durer. J'avance, je pédale et je grimpe.

La montée à la sortie d'Honningsvåg est longue et rude. Le soleil tape, il fait chaud. Les lacets s'enchaînent et je prends rapidement de la hauteur, ce qui m'offre une vue magnifique sur le fjord. Les lacets se resserrent et la pente se cabre encore. Je perçois au loin le sommet de cette première difficulté. Arrivé là-haut, je fais une pause et prends quelques images avec ma caméra. À pied, je grimpe sur la petite crête jouxtant la route et de là je peux voir au loin l'objectif. Il trône en face de moi. Il pointe à l'horizon comme une terre promise. Ma motivation est décuplée, alors j'avance, je pédale et descends. Puis s'en vient une succession de montées et de descentes. Ici, il n'y a rien, pas un arbre, mais une route qui se perd à l'horizon, qui se faufile, cherchant le chemin le plus efficace entre deux collines ou le long d'un lac.

De chaque côté, la mer de Barents inonde le paysage par l'intensité de son bleu. Les kilomètres défilent, je fais encore une courte pause au sommet d'une colline. Sur un promontoire, une personne me prend en photo avec en arrière-plan mon objectif qui se rapproche. J'ai des fourmis dans les jambes, alors j'avance, je pédale et redescends. Je me laisse glisser dans cette nature sauvage et plonge jusqu'à une croisée, à droite c'est le village de pêcheurs de Skarsvåg, à gauche un panneau indique E69, Nordkapp 13 km. Il ne me reste que 13 kilomètres, mais je demeure concentré, et la montée qui se dresse devant moi ne laisse aucune place au relâchement, au contraire, il faut se motiver. Mon GPS m'indique que la montée fait 2,9 kilomètres avec 9 pour cent de pente en moyenne, des passages à 12 pour cent se dressent devant moi. Elle fait mal, j'adapte mon braquet. Le degré de la côte et la fatigue m'obligent à monter tout tranquillement, alors j'avance, je pédale et je grimpe. Chaque centaine de mètres gagnés me rapproche de mon objectif, la pente s'adoucit, je remets du braquet et je passe la dernière difficulté, mon GPS indique que j'ai terminé le 299e sommet sur les 299 depuis le départ de Lutry. Au loin je vois les cars et les camping-cars à l'entrée du site. J'y suis, un replat d'un kilomètre me sépare du Graal, je me délecte, je sens l'émotion qui monte en moi. Je traverse le parking, passe la barrière d'entrée. Les cyclistes sont autorisés à entrer gratuitement sur le site. Je contourne le bâtiment, et me voilà au pied du globe du cap Nord, sur la latitude 71° 10′ 21″ N, on ne peut pas aller plus au nord par voie terrestre. Derrière, c'est l'immensité bleue de la mer de Barents. Le néant.

Il est presque 13 heures lorsque j'arrive, je pleure comme un enfant face à mon rêve devenu réalité. Je suis fier de moi et, arc-bouté sur mon vélo, je laisse aller mes émotions sans retenue. Puis une main bienveillante vient me taper sur l'épaule : *« Congratulation, you did it, it's amazing ! »* Un Anglais, la quarantaine grisonnante, est là, devant moi, et me donne une accolade comme s'il félicitait son enfant. Mais j'étais un inconnu pour lui et il m'a fait du bien, ce moment d'humanité, de solidarité, il subsistera à jamais dans mon cœur et mon esprit. Il résume magnifiquement mon voyage : au-delà de l'aventure, de l'effort, des paysages et de la nature, c'est l'homme qui restera l'élément marquant de cette aventure, des gens merveilleux, qui, à un inconnu, ont offert du temps, le gîte, un repas et un peu de chaleur humaine. L'essentiel.

Je fais face à mon rêve, je pose mon vélo au pied du globe du cap Nord, je fais le tour, je monte sur le socle en béton, j'observe, je touche. Je prends quelques photos, mais il y a tellement de monde que je me sens mal à l'aise. J'aurais souhaité être seul. Mais ce lieu est unique et attire beaucoup de monde. En cette journée du 23 juin, la fréquentation est importante. Alors j'attends. Durant l'après-midi, je plante ma tente à quelques centaines de mètres bien à l'écart, en haut de la falaise, au calme et face à la mer. Je me repose et j'apprécie ce moment de grâce et de satisfaction. J'en profite pour appeler ceux que j'aime. Dans ma tente je peux me reposer et me laisser aller. Plus tard, je visite le centre touristique, m'offre une bonne bière et partage un repas au restaurant avec Serge, un cyclovoyageur atypique arrivé plus tard dans la journée. Nous passons la soirée à nous conter nos voyages, nos aventures et expériences. Une fois minuit passé, la horde de touristes et les cars qui les transportent reprennent la route. Le lieu retrouve son calme. À 1 heure du matin, je suis presque seul, perché au sommet de cette falaise de plus de 200 mètres, je peux enfin apprécier la magie de l'endroit ; le calme, la vue abyssale sur le néant, la mer en contrebas couverte d'un léger brouillard procurent une sensation de fin du monde, puis le soleil qui vient rebondir sur l'horizon et reprend de la hauteur, m'offrant la lumière d'un jour naissant. Ainsi se termine une journée extraordinaire. Je suis réveillé depuis 4 heures du matin, il est 2 heures, et c'est comblé et heureux que je me glisse dans mon sac de couchage.

Voilà deux jours que je suis au cap Nord. Je sens que je me relâche, je n'ai plus cet objectif en ligne de mire, et ça fait du bien de se laisser aller. Puis le temps se gâte, le ciel devient sombre, et le brouillard couvre la mer. Dès lors, le soleil de minuit est moins spectaculaire qu'à mon arrivée. Je passe la soirée avec Alain qui, lui, est arrivé un jour après moi. Philosophe, il me dit que l'important est le chemin parcouru, non l'objectif. Je sais qu'il a raison, mais je suis néanmoins heureux d'avoir eu une soirée de ciel bleu à mon arrivée.

Le lendemain matin, je petit-déjeune avant de reprendre la route, décidé à passer par le village de Gjesvær, située au nord-ouest de l'île, où l'on peut observer les oiseaux, en particulier le macareux moine. Le parcours menant au village est époustouflant, c'est le désert, un paysage vallonné et épuré, seuls la route et quelques névés viennent briser l'horizon. Le ciel gris semble s'écraser sur la terre, et le brouillard est épars. Il ne fait pas plus de 8 degrés. J'arrive à Gjesvær en début d'après-midi, je vais directement au port et m'annonce au départ du *« bird safari »*, j'en profite pour demander où dormir, on me propose une petite chambre surplombant la mer. Après six jours de bivouacs, ce n'est pas du luxe ! Il est temps que je prenne une douche. L'excursion est extraordinaire : macareux moines, aigles marins, cormorans, fous de Bassan et bien d'autres. Une merveilleuse manière de terminer mon périple.

J'achève ma journée sur le ponton face à la mer, accoudé à la table en bois, ma tasse à café achetée au cap Nord entre les mains. Les bateaux sont à quai, la mer est agitée, juste à côté des grillages de séchage pour les harengs se battent quelques mouettes, le vent souffle. Mon esprit s'égare quelques instants pour s'imprégner de ce bonheur, de cet état de satisfaction profond, de ce bien-être intérieur, je suis en parfaite harmonie avec mes aspirations et la réalité du moment.

Le lendemain, je rejoins Honningsvåg d'où je prendrai le bateau tôt le matin suivant. Je trouve un lieu pour mon dernier bivouac à la sortie du village en contrebas de la route, face à la mer. Pendant que je prépare mon repas, un banc de dauphins passe devant moi. Me voilà comblé.

ÉPILOGUE

« Les rêves ont un prix, si tu peux les acheter, ce ne sont que des envies. Alors il faut rêver plus grand et les vivre. »

Patrick Sumi

23 juin 2023, vers 13 heures

Mon rêve est devenu réalité ! J'ai atteint le cap Nord à vélo !

Une situation professionnelle devenue insupportable et les prémices d'un burn-out m'ont donné l'impulsion pour me lancer. Sans cette situation difficile, cette fatigue, je n'aurais sans doute jamais pris la décision de me libérer et de partir à l'aventure. Je remercie la vie de m'avoir permis de vivre ce voyage aussi bien géographique qu'intérieur. Mais ces deux années ont laissé des traces, la traversée du tunnel fut longue, et la lumière a mis du temps à réapparaître. Il s'en aurait fallu de peu pour que je sombre dans un burn-out sévère, celui qui détruit, qui désarçonne et prend beaucoup de temps à être surmonté. Pour ma part, j'ai été bien entouré dans le cadre professionnel, j'ai pu exprimer mon mal-être et j'ai été écouté, c'est une chance. Je remercie ceux qui m'ont tendu la main, l'oreille ou un mouchoir. J'ai bénéficié de beaucoup de bienveillance de la part de ma hiérarchie et mes collègues, et je leur en suis reconnaissant.

Je dois surtout beaucoup à mon amie, qui m'a apporté son soutien indéfectible, supportant mes sautes d'humeur, mon irritabilité. Elle a su m'écouter sans juger, me poser les bonnes questions, me soutenir dans mes décisions et m'encourager à vivre mon rêve. Mes enfants, aussi, ont su se montrer présents et compréhensifs, acceptant l'idée que leur père puisse être vulnérable et faillible. Mes parents, mon frère sont également des piliers de stabilité dans ma vie. Puis les amis, toujours présents, dans les moments festifs comme dans les moments plus difficiles.

Le 1er avril, je suis parti sur mon vélo sans vraiment savoir ce qui m'attendait. J'avais, comme à mon habitude, tout prévu, organisé et préparé. Mais le voyage au long cours, en particulier à vélo, recèle de nombreuses surprises et difficultés. Dans mon cas, une douleur au genou, puis une météo exécrable : la traversée de l'Autriche, de la Slovaquie et d'une partie de la Pologne sous la pluie, une traversée de la Suède sous des vents contraires, parcourir des lignes droites de plus de 100 kilomètres offrant un boulevard de monotonie. Sans compter mon moral qui a joué à l'ascenseur jusqu'à me faire envisager de tout quitter et rentrer ; parfois à la fin d'une grosse étape, épuisé, trempé, seuls le bivouac et ma tente m'attendaient ; la solitude allait s'acharner sur moi. Le prix à payer pour un vagabondage riche en rencontres humaines, gage de liberté. Une forme de minimalisme, de simplicité et de retour à une vie de nomade, libérant beaucoup de temps pour soi, pour la réflexion et l'introspection. C'est ce dernier élément qui rend au voyage solitaire toute sa dimension. Vagabonder seul est une ode à la pensée, au voyage intérieur. Il redonne confiance et recharge les batteries.

Aujourd'hui j'ai retrouvé le sourire et l'énergie, l'envie de vivre, de me projeter et de m'entourer de gens. Mes batteries sont pleines à 200 pour cent, je me réjouis de démarrer une activité. Je vais prendre du temps pour retrouver un travail qui correspond à mes nouvelles aspirations, m'engager dans des projets plus concrets, pour être proche des gens, dans des activités de bénévolat et associatives. Faire bénéficier de mon expérience et de mes compétences des entreprises qui en ont besoin. Je désire également donner plus de place à mes projets personnels, à mes activités en montagne, à la nature et aux sports. J'ai entrepris une formation d'accompagnateur en montagne, et cela me réjouit beaucoup.

À relire mes premiers écrits, je me rends compte du niveau de fatigue mentale dans laquelle je me trouvais avant de partir pour mon périple à vélo. Je comprends que, pour évoluer dans l'univers d'une multinationale, il faut être en forme, avoir de la force et savoir se mouvoir dans cet environnement. La fatigue était venue réduire ma capacité d'adaptation et la malléabilité mentale nécessaire pour gérer les émotions dans ce contexte. Je n'avais plus de force et j'étais épuisé. À un moment, tout ce qui n'allait pas dans mon sens venait me perturber et m'irritait, je n'avais plus de système de protection, plus de filtre. Le mental c'est comme le corps, lorsqu'il est épuisé, il est fragile. Il faut donc être à l'écoute et lui laisser le temps du repos.

J'aime voyager, découvrir des pays, des cultures et rencontrer les gens. J'adore cette itinérance qui me transporte dans l'incertitude, dans une forme d'inconfort. C'est grisant de ne pas savoir où poser sa tente, de ne pas savoir de quoi sera fait le lendemain. Mais, comme lors de chacun de mes voyages, je ressens toujours l'appel de chez moi, ce besoin, parfois ce manque. Mes racines, Lutry, le Lavaux et la région, c'est chez moi, c'est là que je me sens bien. Lors d'une discussion avec une équipe de globe-trotters dans l'auberge de jeunesse de Riga, une question est lancée : « Toi, c'est dans quel pays que tu aimerais vivre, poser ton sac et t'installer ? » Pour ma part, la réponse restera toujours la même, c'est Lutry, mon village. J'avais déjà eu cette réflexion durant mon tour du monde, en famille, et la réponse avait été la même. C'est un sort heureux que d'habiter cette région, ce pays ; je ne crois pas tellement au concept de la chance, mis à part pour le lieu où nous sommes nés, le reste est à notre portée et il ne tient qu'à nous de l'atteindre. Alors vivre dans ce village et cette région est un privilège que j'apprécie à sa juste valeur.

Le vagabondage, l'itinérance et le chemin parcouru apportent une grande satisfaction. Le vélo est un moyen fantastique pour visiter, voir et observer la nature. On a le temps, et les détails ne nous échappent pas, les kilomètres défilent, les paysages magnifiques se succèdent. Grâce à notre silence, nous surprenons la faune, et à coups de pédale, de motivation et d'abnégation on parcourt le chemin, laissant derrière nous chaque portion visitée. La nature m'a comblé, j'ai traversé des pays tellement différents offrant une large diversité de paysages.

Le bonheur d'un bivouac ne peut être remplacé par un hôtel tout confort. Ce petit moment, où seul dans la nature, à l'orée d'un bois, au bord d'une falaise ou d'une plage je clos ma tente, plonge dans mon sac de couchage que je ferme bien haut. Cette excitation qui me submerge, mon corps tremble et j'ai envie de crier fort, d'exulter, car le moment présent est si intense, le bonheur, si grand. J'aurai régulièrement cette excitation, presque à chaque bivouac, comme si la tente et le sac de couchage offraient un cocon de protection, une maison éphémère assurant le plus grand des conforts, c'est unique et je souhaite à tous de le vivre. J'ai appris une chose durant ce périple : ne rien faire, contempler, rêver et prendre plus de temps pour moi et mes pensées. Une itinérance géographique, bien sûr, mais surtout intérieure. Le voyage en solitaire lave, répare, soigne, renforce et absout le vagabond qui a le temps de visiter ses propres catacombes. Quel voyage extraordinaire !

Voilà quelques mois que je suis de retour. Que reste-t-il après cette épreuve professionnelle et ce voyage extraordinaire ? Est-ce que l'adversité et l'épuisement professionnel ainsi que la réalisation d'un rêve m'ont changé ? Je ne crois pas. On ne change pas vraiment la nature d'un homme. Son caractère, son éducation et ses valeurs ne sauraient être métamorphosés après ces expériences. Ma volonté de réussite, de succès et de reconnaissance reste intacte. C'est ma définition de ces concepts qui a changé. Le curseur s'est déplacé. Durant des années, j'ai associé ma réussite à ce que j'entreprenais professionnellement, à ma position dans la société ainsi qu'à la reconnaissance que cela apportait. J'avais également besoin de me mesurer dans des compétitions sportives. Le port du dossard fut un moteur important, j'éprouvais le besoin d'avoir participé à certaines courses mythiques qui te font entrer dans le cercle restreint de ceux qui l'ont fait. Aujourd'hui, j'estime le succès selon de nouveaux critères : le temps, le partage, l'amitié, la passion, vivre mes rêves et la santé. Le temps est devenu ma richesse, du temps pour moi et les miens.

Mon plus grand succès, sans doute, c'est d'avoir rendu mon père fier de moi. Il me l'a confirmé avant de nous quitter, terrassé en quelques mois par la maladie. J'ai passé les derniers jours de sa vie à lui lire ce récit. Il aimait m'écouter, cela l'apaisait. Nous n'avons pas pu terminer. Ce n'est pas grave, il a compris ce que ce voyage m'a apporté. Avoir pris ce temps auprès de lui fut une récompense, une satisfaction et un moment de partage unique.

Je souhaite, plus que tout, qu'au crépuscule de ma vie je puisse, comme mon père, faire le bilan de succès très divers et non pas seulement professionnels. J'ai une envie insatiable de réaliser mes rêves (le livre que vous tenez entre vos mains en fait partie), et cette envie est décuplée depuis mon retour de voyage. La liste est longue. Il ne tient qu'à moi de les réaliser. Je sais à quel point la satisfaction est grande.

REMERCIEMENTS

Une aventure comme celle-ci ne serait rien sans les personnes qui la jalonnent, qui m'ont aidé, soutenu ou hébergé. Alors je remercie chaleureusement :

Mon amie, pour son soutien sans faille durant toute cette période et pour m'avoir laissé vivre mon rêve de vagabond.

Ma famille, mes enfants qui, toujours à mes côtés, me donnent la force et l'ancrage nécessaires à ma vie.

Mon ex-employeur, mon ex-directeur et l'ensemble de la direction de Nestlé, mon ex-chef ainsi que tous mes anciens collègues, pour leur confiance, leur soutien tout au long de ma carrière et en particulier durant les dernières années.

Thioro, pour son écoute et ses mots justes.

Ceux qui m'ont aidé d'une façon ou d'une autre pour la publication de ce livre :

Les Éditions Slatkine, notamment Delphine Cajeux.

Flore Dussey, journaliste, qui m'a relu, orienté et mis au défi lors de la rédaction de mon récit.

Laurent Bastardoz, journaliste sportif, pour sa préface et sa confiance.

Pascal Bärtschi, qui m'a non seulement beaucoup inspiré, mais également accompagné au départ de mon aventure et conseillé pour la publication de ce livre.

Aurelio Valentino, de B-Epic Agency, qui a œuvré sur le film et les photos.

Gaëlle Cajeux, journaliste RTS, pour son soutien et sa confiance.

Erol Toker, pour ses conseils avertis au sujet de la couverture du livre.

Mes sponsors et partenaires :

Sébastien Navel, du magasin Alpi'Trail SA à Puidoux, pour sa confiance et ses conseils sur le matériel.

Silvia Fürst-Aeschbacher et Caroline Müller auprès de l'assurance EGK.

Olivier Jayet, de l'organisation Canada Suisse, qui a relayé mon aventure auprès de ses lecteurs.

Tous ceux qui ont fait partie de mon voyage, que j'ai rencontrés, qui m'ont accueilli, aidé : Denis, Franzi et sa famille, Gustave, Michaela et Herbert, Vojto et sa famille, Peter, Pavel et ses amis, Aleksandra, Katalina et Greg, Amélie et Olivier, Aija et Oscar, Joël, Miina et Antti, Yann, Serge et Alain, et bien entendu Fabienne, avec qui j'ai partagé dix jours dans les Lofoten.

Tous ceux qui ont enfourché leur vélo un jour de pluie pour m'accompagner sur les premiers kilomètres de mon périple : mon amie et son fils, Victor, Hervé, Michaela, Patrick, Cathy, Laure et Allison.

Charles Tinazzi, chez Jordan cycle à Vevey, pour ses conseils.

Jean-Marc Ludy, chez Lutry voyages, pour son support et son soutien.

Monika, pour le logement à Cracovie.

Amélie et Olivier, pour leur accueil à Varsovie.

Mon ami Victor, qui m'a rejoint à Tromsø.

Et tous ceux que je n'ai pas cités.

Vous avez aimé ce récit ?
Faites-le savoir autour de vous.
Merci !

Un film a été réalisé, et des conférences ont été organisées pour parler et partager au sujet du burn-out, de l'épuisement professionnel, mais aussi de ce voyage extraordinaire.

Plus d'informations sur :

Suivez-moi sur :

Facebook

Instagram

LinkedIn

Achevé d'imprimer en septembre 2024 par Corlet Imprimeur - 14110 Condé-en-Normandie
Dépôt légal : septembre 2024 - N° d'imprimeur : 24090065 - Imprimé en France